文春文庫

銭形平次捕物控傑作選 1

金色の処女

野村胡堂

文藝春秋

目次

銭形平次捕物控傑作選1

金色の処女

金色《こんじき》の処女《おとめ》

一

「平次、折入っての頼みだ。引受けてくれるか」

「ヘエ——」

銭形の平次は、相手の真意を測《はか》り兼ねて、そっと顔を上げました。二十四、五の苦み走った好《い》い男、*藍微塵《あいみじん》の狭い袷《あわせ》に膝小僧を押し隠して、*弥造《やぞう》に馴れた手をソッと前に揃えます。

「一つ間違えば、*御奉行朝倉石見守《あさくらいわみのかみ》様は申すに及ばず、*御老中方にとっても腹切《はらき》り道具だ。押付けがましいが平次、命を投げ出すつもりでやってみてはくれまいか」

と言うのは、*南町奉行*与力の筆頭笹野《ささの》新三郎、奉行朝倉石見守の知恵嚢《ちえぶくろ》と言われた程《ほど》の人物ですが、不思議に高貴な人品骨柄です。

「頼むも頼まないもございません。先代から御恩になった旦那様の大事とあれば、平次の命なんざ物の数でもございません。どうぞ御遠慮なく仰《おっ》しゃって下さいまし」

敷居の中へいざり入る平次、それをさし招くように座布団を滑り落ちた新三郎は、

「上様《うえさま》には、また雑司《ぞうし》ガ谷《や》のお*鷹狩《たかがり》を仰せ出された」

「エッ」

「先頃、雑司ガ谷お鷹狩の節の騒ぎは、お前も聞いたであろう」

「薄々は存じております」

それは平次も聴き知っておりました。*三代将軍家光公が、雑司ガ谷鬼子母神《きしもじん》のあたりで御鷹を放たれた時、何処《どこ》からともなく飛んで来た一本の*征矢《そや》が、危うく家光公の肩先をかすめ、三つ葉*葵《あおい》の定紋を打った陣笠の裏金に滑って、眼前三歩のところに落ちたという話。

それッ——と立ちどころに手配しましたが、曲者の行方《ゆくえ》は更にわかりません。

後で調べてみると、鷹の羽を矧《は》いだ*篦深《のぶか》の真矢《ほんや》で、白磨き二寸あまりの矢尻《やじり》には、松前のアイヌが使うという『トリカブト』の毒が塗ってあったということです。

「その曲者も召捕らぬうちに、上様には再度雑司ガ谷のお鷹野を仰せ出された。御老中は申すに及ばず、お*側《そば》の衆からもいろいろ諫言《かんげん》を申上げたが、上様日頃の御気性で、一旦仰せ出された上は金輪際《こんりんざい》変替は遊ばされぬ。そこで御老中方から、朝倉石見守様へ直々《じきじき》のお頼みで、是が非でもお鷹野の当日までに、上様を遠矢にかけた曲者を探し出せ

とのお言葉だ。なんとか良い工夫はあるまいか」

一代の才子笹野新三郎も、思案に余って＊岡っ引風情の平次に縋《すが》り付いたのです。

「よく仰しゃって下さいました。＊御用聞冥利《みょうり》、この平次が手一杯にお引受け申しましょう。ついては旦那、私が聞きたいと思うことを、皆んな隠さずに仰しゃって頂けましょうか」

「それは言う迄《まで》もない事だ。なんなりと腑《ふ》に落ちない事があったら訊くが宜《よ》い」

「ではお尋ねしますが、上様を雑司ガ谷のお鷹野に引付けるのは、なにか深い仔細《しさい》がございましょう。小鳥のいるのは雑司ガ谷ばかりじゃございません。目黒にも桐ガ谷にも千住にも、この秋はことの外獲物《えもの》が多いという評判でございます。それがどうしたわけで――」

「これこれ、段々声が高くなるではないか」

「ヘエ――、でもこれが判らなかった日には手の付けようがございません」

「話すよ――、薄々世間でも知っていることだ――、雑司ガ谷の鷹野の帰り、上様《うえさま》には決って、大塚御薬園へお立寄りになる。あの中に新築した高田御殿で、一と椀《わん》の御薬湯を召上がるのが、きっとお楽しみだ」

「と申すと」

「世上の噂でも聞いたであろう。御薬園預りの＊本草家《ほんぞうか》、峠宗寿軒《とうげそうじゅけん》の娘お小夜《さよ》は、＊府内にも並ぶ者なしという美人だ」

「そうでございますってね、上様もまったくお安くねえ」

「コレコレ、何を申す」

「ヘエ――、だが、有難うございました。それだけ伺えば大方筋はわかります。仔細あって私もお小夜の顔ぐらいは存じておりますが、あの女はどうしてどうして一筋縄でいける雌《めす》じゃございません――、宜しゅうございます。乗るか反《そ》るか、平次の出世試し、命にかけてもやってみましょう」

平次の若々しい顔には感興《インスピレーション》にも似たものがサッと匂って、身分柄の隔《へだた》りも忘れたように、胸をトンと叩いてみせました。

「お鷹狩の日取りは明後日《あさって》だ。ぬかりはあるまいが、そのつもりで――。拙者には拙者の工夫がある。油断をすると、手柄比《くら》べになろうも知れぬぞ」

「ヘエ――」

二人は顔を見合せて、会心の微笑を交《かわ》しました。与力と岡っ引では、身分は霄壌《*てんち》の違いですが、何かしらこの二人には一脈相通ずる名人魂があったのです。

二

大塚御薬園、一名高田御薬園というのは、今の音羽の護国寺の境内にあったもので、一万八千坪の中に有名な薬師堂、神農堂《しんのうどう》をはじめ、将軍臨場《りんじょう》の時の為《ため》に、高田御殿という壮麗なる御殿まで出来ていました。

総檜《そうひのき》の破風《はふ》造り、青銅瓦《せいどうがわら》の銹《さび》も物々しく、数百千種の薬草霊草から発する香気は、馥《ふく》郁《いく》として音羽十町四方に匂ったといわれるくらい。幕府の御薬園の権威は大したもので、もとより岡っ引や御用聞などの近付ける場所ではありません。

与力笹野新三郎の屋敷を飛出した銭形平次、いきなり大塚へ飛んで来て、この薬臭い塀にへバリ付きましたが、場所が場所だけに、どう工面しても入り込む工夫が付かないのです。

丸半日、気のきかない空巣《あきす》狙《ねら》いのような事をしていた平次も、その日の昼頃には、到《とう》頭《とう》シビレをきらしてしまいました。

「チェッ」

舌打を一つ、袂《たもと》から取出したのは、その頃通用した永楽銭《*えいらくせん》が一枚です。手の平へ載《の》せて中指の爪と親指の腹で弾《はじ》くと、チン――と鳴って、二三尺（六十～九十センチ）空中に飛上がります。落ちて来るところを掌《たなごころ》で受けると、これがその儘銭占《ままぜにうらない》。

「帰れって言うのか、よし」

銭を袂に落すと、その儘塀を離れて、音羽の通りへ真っ直ぐに踏出しました。これが銭形平次という綽名《あだな》の出たわけの一つ。もう一つ、平次には不思議な手練があって、むずかしい捕物に出会《でつくわ》すと、二三間飛退って、腹巻から鍋銭《なべせん》を取出し、それを曲者の面体《めんてい》目がけてパッと抛り付けます。薄くて、小さくて、しかも一寸《ちよつと》重い鍋銭ですから、不用意に投げられると、泥棒や乱暴者などは、キット面体をやられます、ひるむところを付け入って捕《と》る、このこつはまことに手に入ったもので、銭形の平次というと、年は若いが悪党仲間から鬼神《きじん》の如く恐れられたものです。

その平次が見限ったのですから、御薬園の塀の中の秘密は容易のことではありません。腹立ち紛《まぎ》れの弥造を拵《こさ》えて、長い音羽の通りを、九丁目まで来ると、ハッと平次の足を止めたものがあります。目白坂の降口《おりくち》に、紺暖簾《こんのれん》を深々と掛け連ねて、近頃出来ながら、当時江戸中に響いた『唐花屋《とうばなや》』という化粧品屋、何の気もなく表へ出した金看板を読むと、一枚は『――おん薬園へちまの水――』次のは『――南蛮秘法《なんばんひほう》、おん白粉――』そして更にもう一枚には、『――峠流秘薬《とうげりゆうひやく》色々――』とあります。

「これだッ」

平次は思わず顋を引きました。

三

その頃東西の両国に軒を並べた水茶屋*の一つを覗《のぞ》いて、平次はこう声を掛けました。

「お静坊《しい》いるか」

「あら親分」

「よう、相変らず美しいネ。罪だぜ、お静坊《しい》」

「あら親分、そんな事を言うなら、私は嫌《いや》」

「どっこい、謝《あやま》った。逃げちゃいけねえ、今日は大真面目に頼み事があるんだ。静《しい》ちゃんは、近頃評判の音羽の唐花屋へ買物に行ったことはないか」

「いいえ、朋輩《ほうばい》衆で唐花屋へ行かない人はない程だけれど、私《わたし》はまだ行ったことはありません」

「そうだろうねえ、お前ほどの容貌《きりよう》じゃ、へ、へ、へちまの水にも南蛮渡来の白粉にも及ぶめえ」

「あれ、親分さん」

なるほどこれは美しい容貌《きりよう》です。精々《せいぜい》十七八、血色の鮮《あざ》やかな瓜実顔に、愛嬌《あいきよう》がこぼるるばかり。襟の掛った木綿物に、赤前垂《まえだれ》をこそしめておりますが、商売柄に似ず固いが評判で、枝から取り立ての果物《くだもの》のような清純な感じのする娘でした。

「実は少し無理な頼みだが、半日暇をもらって、唐花屋まで買物に行って貰いたいんだが、どうだろうネ、静い坊」

「え、行って上げるワ」

何というわだかまりのない返事でしょう。

「そいつは有難てえ、それじゃ御意《ぎょい》の変らぬうちに——」

岡っ引と水茶屋の娘ですが、どちらも水際立った美男美女で、二人の胸には、何時《いつ》の間にやら淡《あわ》い恋心が芽ぐんできたのでしょう。兎に角話の運びの早いことは大変です。

両国から小日向《こびなた》まで駕籠、そこからわざと歩いて、唐花屋の入口に着いたのはかれこれ酉刻《むつ》（午後六時）近い刻限でした。髪形をすっかり堅気の娘風にしたお静の後姿——＊黄八丈《きはちじょう》の袷《あわせ》と緋《ひ》鹿《が》の子帯《おび》が、唐花屋の暖簾《のれん》をくぐって見えなくなった時は、大日坂《だいにちざか》の下から遠く様子を見ていた銭形の平次も、さすがに眼の前が真っ暗になるような心持がしました。唐花屋がどういう、突き留めた疑いがあるわけではありませんが職業的第六感とでもいいましょうか、——この儘お静を犠牲《いけにえ》にするのではあるまいか——といった予感が、平次の頭をサッとかすめて去ったのです。

「へちまの水を下さいな」

お静は一向そんな事を構いません。物馴れた調子で日傘を畳みながら、店がまちへもう腰を下ろしております。

「へエ、いらっしゃいまし。丁度今年採《と》ったばかりの新しいのがございます。これ徳どん、そこからお入れ物を持って来てお眼にかけな」

美しい客と見ると、馴れている筈の店中も、何となくザワついて、二三人の番頭手代が、磁石《じしやく》に吸付けられる鉄片のように、左右から寄って参ります。

「それからアノ、白粉《おしろい》も貰って行きましょう」

「ヘエヘエ」

「それにお紅《べに》も」
＊大束《おおたば》な事を言って、お静はソッと店中に眼を走らせました。近頃出来の店構えで何となく真新らしい普請《ふしん》ですが、その癖妙に陰気で妙に手丈夫に出来ているのが、娘の繊弱《デリケート》な神経を圧迫します。
「お茶を召し上がって下さいまし」

若い丁稚《でっち》が、店使いにしては贅沢過ぎる赤絵《あかえ》の茶碗《ちゃわん》に、これも店使いらしくない煎茶《せんちゃ》を汲《く》んで、そっとお静の傍にすすめました。

「有難うよ」

身扮《みなり》に相応した堅気の娘なら、この茶は飲まなかったかも知れませんが、お静は水茶屋の女で、お茶を汲むことも汲ませることも馴れております。桃色珊瑚《さんご》を並べたような美しい指でそっと受けて、馴れた様子で一と口、二た口。

「オヤ――?」

お茶にしては妙に甘い、そして香気が可怪《おか》しいと思いましたが、三口目には綺麗に飲んでしまいます。

それから口の小さい素焼《すやき》の徳利《とくり》へへちまの水を詰めさしたり、白粉と紅とを取揃えたり、お鳥目《*ちょうもく》を出そうとして帯の間へ手をやった時は、先程から我慢していた恐ろしい眠《ねむ》気《け》が急に襲《おそ》ってきて、性《しょう》も他愛もなく美しい島田髷がガックリ前へ傾《かたむ》きました。

「徳どんは外を見張れ、お前は手を貸せ」

大番頭が立ち上がって指図をすると、馴れた様子で、バタバタと不思議な作業が始まります。

「ヘッ、こいつは全く掘《ほ》り出し物だ」

「シッ」

二人の若い手代に抱き上げられたお静は、死んだもののようになって、赤い裳《もすそ》と白い脛《はぎ》とが、ダラリと下にこぼれます。

音羽の通りは暫く絶えて、大日坂の下には、宵暗《よいやみ》に光る眼、銭形の平次は全く気が気じゃありません。

四

この時はじめて平次は、近頃江戸中で評判になった美しい娘が、頻繁《ひんぱん》に行方《ゆくえ》不明になることに思い当りました――芝伊皿子《いさらご》の荒物屋の娘お夏、下谷竹町の酒屋の妹おえん、麻布笄町《あざぶこうがい》で御家人*の娘お幸《こう》――、数《かぞ》えてみると、この秋になってからでも三人ほど姿を隠しております。それも選り抜きの美人ばかり、書置もなんにもないから、まるで神隠しに逢ったようなものですが、それが早くて三日目、遅くとも七日目には、二た目とは見られぬ惨殺《ざんさつ》死体となって、川の中、林の奥、どうかすると往来の真ん中に捨ててあるという始末です。

南北町奉行は、配下の与力同心*に命じ、江戸中の御用聞を総動員して、この悪鬼のような犯人を探させましたが、何としてもわかりません。犯人がわからないばかりでなく、何の目的で選り抜きの美しい娘ばかり殺すのか、皆暮《かいく》*れ見当も付かないのです。その上死体は、洗い落してはあるが、歴々《ありあり》と全身に金箔《きんぱく》を置いた跡《あと》があります。

「これだこれだ」

銭形の平次は一人頷《うなず》きながら、宵闇の中をすかして、唐花屋の裏口から出て行く駕籠の後を追いました。その中にお静が入れてあることは最早《もはや》疑う余地はありません。

駕籠は無提灯《むぢょうちん》のまま、音羽の裏通りを真っ直ぐに、今の護国寺、その頃の大塚御薬園の裏門へ、呑まれるように入ってしまいました。

「矢張りそうだ」

平次はこの儘《まま》引返して、笹野新三郎に報告した上、御薬園へ手を入れさせようかと思いましたが、御薬園の見識《けんしき》は大したもので、*若年寄直々の指令を受けなければ、町奉行では手の付けようがありません。そんな事で暇取っている内に、お静の命が絶たれては一大事。

「まずお静を助けよう」

後で考えると、それは多分盲目《もうもく》的になりかけていた、平次の恋心がさせた思案でしょう。前後の考えもなく木蔭《こかげ》の土塀に手が掛かると、平次の身体は軽々と塀を越えて、闇の御薬園の中へポンと飛込んでしまいました。

それから何刻《なんどき》経ったか、どこをどう通ったかわかりません。一万八千坪の御薬園の中、茯苓《ぶくりよう》、肉桂《にくけい》、枳殻《きこく》、山査子《さんざし》、呉茱萸《ごしゆゆ》、川芎《せんきゆう》、知母《ちも》、人参《にんじん》、茴香《ういきよう》、天門冬《てんもんとう》、芥子《からし》、イモント、フナハラ、ジキタリス——幾百千種とも数知れぬ薬草の繁る中を、*八幡《やわた》知らずにさ迷い歩いた末、僅かの灯《あかり》を見付けて、真黒な建物の中へスルリと滑り込んでしまいました。

それは多分有名な高田御殿だったでしょう。兎に角、非常に宏荘な建物で、人目を忍ぶにはまことに好都合です。廊下から部屋へ、納戸へ、梯子《はしご》段《だん》へと、人と灯を避けて拾っているうちに、何時《いつ》の間にやら平次は、天井裏の密閉した一室へ入り込んでおります。

ハッと思って出口を探しましたが、どんな仕掛があったか、四方一様に樫《かし》の厚板で、戸や窓は愚かなこと、蟻の這い出る隙間もあろうと思えません。

「チェッ、勝手にしやあがれ」

度胸を据えてドッカと坐ると、不思議なことに、床板のあっちこっちから、大きく小さく、下の大広間の灯が漏れております。

よく見ると、それは悉《ことごと》くギヤーマン*を張った穴で、この天井裏から、下の様子を覗く為に出来たのでしょう。――これは後で見ると、悉く下の大広間の格天井《ごうてんじょう》に描《か》かれた、天人の眼や、蝶々の羽の紋や、牡丹《ぼたん》の蕋《しべ》などであったということです。

五

最初平次の眼に入った光景は、広間の中央に祀《まつ》られた、何とも形容のしようのない醜悪怪奇を極めた魔像《まぞう》で、その前と両側には、真っ黒な蠟燭《ろうそく》が十三本、赤い焔をあげてメラメラと燃えております。

魔像の前には蜥蜴《とかげ》の死骸、猫の脳味噌《のうみそ》、半殺しの蛇といった不気味な供物《くもつ》が、足の高い三方に載せて供えられ、その供物の真ん中に据えた白木の大俎板《おおまないた》の上には、ピチピチした裸体が仰向に寝かされて、その側には磨き立てた出刃庖丁が、刃を下にしてズブリと板の上に突っ立っています。

「アッ」

さすがの平次も、思わず唇を嚙みました。俎《まないた》の上の赤ん坊は、泣きも叫びもせず、好い心持そうにニコニコしているのが、四方《あたり》の陰惨《いんさん》な空気の中に、不思議な対照を描《えが》き出して、身の毛のよだつような気味の悪い情景《シーン》です。

突然、今迄聞いた事もないような、陰惨な合唱《コーラス》と共に、一隊の男女が、妖魔の行列のように広間へ入って来ました。いずれも真黒な覆面、その間から、眼ばかり光らして、覆面越しの読経《どきよう》の声も、なんとなく陰に籠ります。

続いて燃え立つような真紅《しんく》の布を纏った四人の女が、一人の娘を伴れて現われました。夢見るような足取りで、無抵抗に台の上に押し上げられたのを見ると、こればかりは町娘の服装をしたお静の囚《とら》われの姿だったのです。

「あッ、到頭《とうとう》」

あまりの事に平次は、もう少しで声を立てるところでした。人間の力でこの密室が押し破れるものだったら、どこかの羽目を踏《ふ》み砕《くだ》いても飛出したであろうが、それとても出来ないことです。

また、ひとしきり奇怪な読経が湧き起って、魔像とお静の四方《あたり》を、黒装束《くろしようぞく》の人間の輪が、クルクルと廻り始めました。

それから暫く続いて、広間は元の静寂に還ると、不意に、人間の輪はサッと散ります。見ると、台の上に立ったお静は何時の間にやら、黒装束の人間達の手で、十七乙女の若若しい肌へ、ベタベタと金箔《きんぱく》を置かれているところだったのです。お静は魂の抜けた人形のように、少し仰向《あおむ》き加減に突っ立った儘、なすが儘に任せて身動きもしません。

やがて乙女の上半身に金箔を置き終ると、黒衣長身の長老とも見える男は、黒頭巾の覆面を取ってお静の前に近づきました。

「あッ」

平次はもう一度声を立てるところでした。その男というのは、燃えるような赤毛に、白子のような肌をした碧眼《へきがん》の大男で、紅毛人《こうもうじん》を見た事のない平次の眼には、地獄変相図から抜け出した、悪鬼のように恐ろしく映ったでしょう。

「――」

続いて覆面を除《と》ったのは、この薬園の預主《あずかりぬし》、峠宗寿軒《とうげそうじゆけん》です。半白の中老人で、立居振舞になんとなく物々しいところがあります。

二人は前後して進んで、金箔《きんぱく》を置いた乙女《おとめ》の肩へ唇を触れました。続く黒装束の五、六人も、悉《ことごと》く覆面を外《はず》して、同じように乙女の身体へ唇の雨を降らせます。

この冒瀆的《ぼうとくてき》な行法《ぎようほう》が、どんなに平次を怒らせた事でしょう。お静の浄《きよ》らかさを救う為に、どんな事をしても――とあせりましたが、この密室はどんな設計で出来たものか、二刻《ふたとき》（四時間）あまり探し抜いても、どうしても入った場所がわかりません。

その内に、下の広間がまた賑やかになりました。と見ると、焔のような赤い布を纏った、半裸体の四人の美女は、人面獣身《じんめんじゆうしん》の魔像と、金箔を置いたお静を中心にして、あらゆる狂態を尽して乱舞を始めたのです。

魔像の前の大香炉《おおこうろ》には、幾度も幾度も異香が投げ込まれました。天井裏でそれを嗅ぐと、平次の心持も、うつらうつら夢見るようになります。幾度か醒《さ》めては、広間の様子を覗き、幾度か気を喪《うしな》っては何刻となく深い眠りに陥《お》ちました。——これではならぬ——と満身の力を両の拳《こぶし》にこめ、両眼を見開いて気を励ましましたが、泥酔した人のように崩折《くずお》れて、その努力も永くは続きません。金色《こんじき》の処女《おとめ》——お静の上に加えられる、あらゆる辱《はずかし》めと、怪奇至極の大儀式が、断片的に平次の眼と耳に焼き付けられながら、そのまま遠い遠い過去の出来事のように、他愛もなく消えて行きます。

六

明くれば十月九日、三代将軍徳川家光は近臣十二名を従え、微行《しのび》の姿で雑司ガ谷へ鷹狩に出かけました。十二人の内四人は将軍と同じ装《よそお》いをした近習達、四人は鷹匠《たかじょう》、あとの四人は警衛の士で、微行とはいいながら、この時代にしては恐ろしく手軽です。尤《もっと》もこれは家光自身の命令で、目障りになるような士卒は、間近に置かれなかったまでのこと、音羽から小日向、大塚へかけては、何千とも知れぬ警護の士で、蟻の這い出る隙間もなく固めております。

この日はことの外不猟《ふりよう》だったせいか、家光は恐ろしく不機嫌で、近習者とろくろく口も利きません。鷹狩が済むと、待ち構えていたように音羽へ下《くだ》って、大塚御薬園の高田御殿へお入りになります。

御薬園の門前に迎えたのは、峠宗寿軒《とうげそうじゆけん》、五十がらみの総髪で、元々本草家で武士ではありませんが、役目ですから、麻裃《あさがみしも》を着けて将軍を高田御殿へ案内します。

奥の一間、贅《ぜい》を尽した調度の中に納まると、近習達も遠慮をして、将軍を存分にくつろがせなければなりません。高麗縁《こうらいべり》の青畳の中、脇息《きようそく》に凭《もた》れて、眼をやると、鳥の子に百草の譜《ふ》を書いた唐紙、唐木に百虫の譜を透《すか》し彫《ぼり》にした欄間《らんま》、玉を刻んだ引手や釘隠《くぎかく》しまで、この部屋にはなんとなく、さり気ないうちに漂う一抹《いちまつ》の怪奇さがあります。

この時、女《め》の童《わらべ》に襖《ふすま》を引かせて、茶碗を目八分に捧げて入って来たのは、峠宗寿軒の娘お小夜です。曙色《あけぼのいろ》に松竹梅を総縫した小袖*、町風に髪を結い上げた風情は、*長局《ながつぼね》風俗に飽々《あきあき》した家光の眼には、どんなに美しいものに映《うつ》ったでしょう。年の頃は二十二三、少しふけておりますが、その代り町家にも武家にもない、滴《したた》るような美しさがあります。

恐るる色もなく、家光の前に進んで、近々と茶碗を進め、二三歩退って、

「お薬湯を召し上がりませ」

わだかまりもなく言って、俯向《うつむ》き加減に莞爾《にっこり》します。こんな無礼な仕打は、日頃の家光には見ようったって見られません。大名が郭通《くるわがよ》いに夢中になったように、将軍家光が雑司ガ谷の鷹狩に夢中になったのも無理のないことです。

「――」

家光は黙って茶碗を取り上げました。本草家峠宗寿軒の煎《せん》じた薬湯、別に何の薬というでもありませんが、神気を爽《さわ》やかにして、邪気《じゃき》を払う程度のもの、唇のところへ持っていくと、高価な薬の匂いがプーンとします。

七

天井裏に閉じ籠められた銭形の平次、幾刻――いや幾日眠らされたかわかりません。フト眼を覚すと、四方《あたり》はすっかり明るくなって、天井裏ながら埃《ほこり》の一つ一つも読めそうです。怪奇な舞踊を思い出して、嘔気《はきけ》を催《もよお》すような不愉快な心持になりましたが、お静の安否《あんぴ》が心もとないので、もう一度ギヤーマンの穴から覗くと、広間は広々と取片付けられて、白日の光が一杯にさし込み、忌わしい物など影も形もありません。

思い直して出口を探すと、今度はわけもなく見付かりました。壁は同じような樫の厚板で張り詰めてありますから、一箇所だけ手摺《てず》れがして、出入口ということは直《す》ぐわかります。暫く押したり叩いたりしてみると、どうした弾《はず》みか、いきなりスーッと開きます。多分扉の下の踏み板に仕掛があったのでしょう。

一足張《みなぎ》るような白日の光りの中へ飛出しましたが、困ったことに、庭にも廊下にも、広間にも玄関にも、夥《おびただ》しい人間がたかっていて、天井裏から飛出したままでは、大手を振って出て行くわけにいきません。

「あッ、いけねえ、今日は上様《うえさま》お鷹狩《たかがり》の日だ」

霞《かす》んだような平次の頭にも、これだけの記憶が蘇《よみがえ》って来ました。今日までに毒矢の曲者を捉《つかま》える筈だったのが、天井裏に閉じ籠められてすっかり予定が狂ってしまったのです。

「こいつはしまった」

平次は天井裏で地団駄《じだんだ》を踏むばかりです。

それからまた何刻か経ちました。御殿の中の空気は遽《にわか》に緊張して、

「上様のお着き」

という囁きが、隅々までも行きわたります。

上様お着きというのは、お鷹野は無事だったという証拠にもなりますから、天井裏の平次もそれを聞いてホッとします。

「間違いがあれば、この御殿内だ。よし、それならば、まだ望みがある」

暫く泥棒猫のように、天井から天井へ、梁《はり》から梁へと渡って歩いた平次、何時《いつ》の間にやら、羽目からスルリと抜け出して、離れの廂《ひさし》の下に這い込んでしまいました。首を少し曲げると、一枚開け放った障子の中に、上段の高麗縁《こうらいべり》が見えて、豊かに坐った黒羽二重の膝も見えます。

「上様だッ」

平次はヒョイと首を引きました。と同時に小夜が捧げた薬湯の茶碗が見えます。

やがて家光は薬湯を手に取り上げた様子、それと同時に平次の眼には、もう一つ動くものが映《うつ》ります。それは障子の外に、物の隈《くま》のように踞《うずく》まった総髪の中老人、霰小紋《あられこもん》の裃《かみしも》を着て、折目正しく両手をついておりますが、前夜怪奇な行法を修《ず》した、この薬園の預主、峠宗寿軒《とうげそうじゆけん》に違いありません。

家光が茶碗を取り上げて、唇まで持っていくと、宗寿軒の唇が歪《ゆが》んで、障子を射通すような瞳が、キラリと光ります。

「あッ、毒湯《どくとう》だッ」

捕物の名人、銭形平次には、ほかの人にない第六感が働きます。前後の事情から考え合せてみると、家光の手に持っている茶碗の中に、正面《まとも》な薬湯が入っているわけはありません。

笹野の旦那がくれぐれも頼んだのは、これだッ。

平次はいきなり廂《ひさし》から飛出そうとしましたが、高が岡っ引、将軍様の前へ飛出せるわけもなく、大きい声を出そうにも、その辺の物々しいたたずまいを見ると、うっかり騒ぎを大きくして、相手に棄鉢《すてばち》に出られると、反《かえ》って恐ろしい事になりそうです。それに毒湯と思うのは、平次の単なる疑いで、実は本当の薬湯を勧《すす》めているのかもわからないのです。

ハッと気が付いて腹巻を探ると、折悪しく鍋銭《なべせん》はありませんが、*小粒が二つ三つと、それに柄にもなく小判が一枚あります。その頃の小判は大変な値打で、岡っ引などにとっては一と*身代ですが、一昨日《おととい》笹野新三郎から用意のために手渡された金、将軍様の命に関《かかわ》ろうという場合ですから、物惜《ものお》しみなどをしている時ではありません。

いきなり小判を右手の拇指《おやゆび》と食指《ひとさしゆび》との間に立てて、小口を唾《つば》で濡《ぬ》らすと、銭形の平次得意の投げ銭、山吹色の小判は風をきって、五、六間先の家光の手にある茶碗の糸底《いとぞこ》に発矢《はっし》と当ります。薬湯は飛散って、結構な座布団も畳も滅茶滅茶。

「――」

家光は動ずる風もなく、面《おもて》をあげて小判の飛んで来た方を屹《きっ》と見やります。

「あッ」

驚いたのはお小夜、起ち上がると、いそいそと近寄って、薬湯に濡れた家光の膝へ、身体と一緒に、総縫い松竹梅の小袖を、サッと掛けました。

八

「これ、何をする――」

あわてて居住いを直す家光の膝を追うように、お小夜は袖の上へ顔を伏せました。

次の瞬間には、

「贋者《にせもの》ッ」

と弾《はじ》き上げられたように起ち上がります。

「漸《よう》やく気が付いたか」

「エッ、口惜《くや》しい、お前は誰だえ」

飛退く女の帯際を猿臂《*えんぴ》を延ばしてむんずと摑んだ偽《にせ》家光。

「与力笹野新三郎、上様の御姿を拝借して、その方親娘《おやこ》の企《たく》らみを見破りに参ったのだ。神妙にしろ」

と、高い声ではありませんが、ツイ調子に乗って名乗りを上げてしまいました。

これが非常に悪かった――というのは、障子の外で、深怨《しんえん》の眼を光らせていた峠宗寿軒、娘の声にハッと驚いたところへ、続いて笹野新三郎の名乗りです。思わず起ち上がるのへ冠《かぶ》せて障子の内から、

「父上ッ、露見《ろけん》──早く、早く、地雷火《じらいか》ッ」

と娘のお小夜が悲痛な声を絞ります。

「おッ、娘、さらばだぞッ」

ヒラリと縁側から飛降りると、廂《ひさし》の上から銭形平次が、パッと飛付くのと一緒でした。

「野郎、何処へ失《う》せやがる」

素《もと》より捕物の名人、寸毫《すんごう》の隙《すき》もありませんが、困ったことに宗寿軒は思いの外の剛力で、それに平次は、まる二日物を食わない上、廂から飛降りる機《はず》みに足を挫《くじ》いて、進退駈引自由になりません。

「エッ、面倒」

二人はそれでも負けず劣《おと》らず捻《ね》じ合いました。あまりに咄嗟《とつさ》の出来事で、遠ざけられた近習達が、駆けつける暇もなかったのです。

そのうちにお小夜の帯がバラリと解けました。錦の厚板《あついた》の一と抱《かか》えほどあるのが、笹野新三郎の手に残ると、お小夜は脱兎《だつと》の如く身を抜けて、

「父上、地雷火は私がッ」

「お、娘頼むぞッ、あの犠牲《いけにえ》も逃すなッ」

親娘は最後の言葉を交すと、総縫い松竹梅の小袖は、大鳥のようにサッと奥へ飛込みます。

犠牲と聞いて平次は驚きました。捨鉢になった宗寿軒父子が、地雷火で高田御殿を吹き飛ばすとなると、あの可哀そうなお静の命は一たまりもありません。金箔《きんぱく》を置いて一度は祭壇に載せた処女《おとめ》の身体は、いずれあの広間の何処かに隠してあるに相違ないでしょう。

「笹野の旦那、此奴《こいつ》を頼みます」

「お、心得た」

その内に遠慮して遠退いていた近習達も、騒ぎを聞いて駆けつける様子。平次は猛然として突っかかって来る宗寿軒を、一つかわして芝生の上に叩きのめすと、身を退いてサッとお小夜の後を追いました。挫《くじ》いた足首は、焼金を当てるように痛みますが、今はそんな事を言っている場合ではありません。

勝手を知った大広間の中へ入ると、プーンと鼻を衝く煙硝《えんしょう》の匂い、地雷火の口火は早くも点けられたのでしょう。

今更事の危急《ききゅう》な勢いに、平次はゾッと総毛立ちましたが、お静を匿《かく》した場所はまるで見当が付きません。

「お前は銭形平次、もう駄目だよ。一緒に死ぬばかりだ」

呵々《からから》と気違い染みた笑いを突走らせるのは、黒髪も衣紋《えもん》も滅茶滅茶に乱した妖婦お小夜、金泥《きんでい》に荒海を描いた大衝立《おおついたて》の前に立ちはだかって、艶やかに邪《よこしま》な眼を輝かせます。

「やい、女、あの娘をどうした」

「知らない」

「いや、知っている筈だ、言えッ」

「言わない、――どうしても言わない。私達をこんな破目に陥し込んだのはお前だろう。――その代りお前の名前を譫言《うわごと》に言っているあの娘は、この御殿と一緒に木葉微塵《こっぱみじん》に砕《くだ》け散るよ。好い気味だ、――あれはお前の情人《いろ》だろう。知らなくってさ、――お、もう口火は燃えきった。ホ、ホ、ホ、ホ」

「いや、俺はお静を助けてみせる」

「馬鹿なッ」

荒海の衝立、怒り狂う紺青《こんじょう》の波頭《なみがしら》を背にして、小袖の前を掻き乱したまま、必死の笑いに笑い狂う美女の物凄さ。物慣れた平次も、思わずタジタジと退《すさ》りましたが、次第に激しくなる煙硝の匂いに、もう一度気を取り直して、毒蛇の眼の如きお小夜の瞳を、精魂こめて凝《じ》っと見詰めました。

「解るまい、もう最後だ。それッ」

「いや解った」

何を考えたか平次は、猛然としてお小夜の身体に飛付きました。細腕を取って引退け、荒海の衝立をサッと前へ引倒すと、その背後にあるのは『御薬草』と書いた御用の唐櫃《からびつ》、力任せに蓋《ふた》をハネると、中から燦《さん》として金色無垢《こんじきむく》の処女《おとめ》の姿が現われます。

全身に金箔《きんぱく》を置かれたお静は、半死半生の儘この中に入れられて、捨てるか殺されるかする最後の運命を待っていたのでした。

「あッ、それを助けては」

後ろから縋《すが》り付くお小夜を蹴《け》返《かえ》して、金色の処女を小脇に痛む足を引摺って外へ飛出す平次、——それと同時に、

轟然《ごうぜん》——天地も崩るるような物音。

天に*沖《ちゅう》する火焔の中に、高田御殿は微塵《みじん》に崩《くず》れ落ちてしまいました。

九

これは後でわかった事ですが、峠宗寿軒《とうげそうじゅけん》の前身は、*駿河《するが》大納言《だいなごん》忠長《ただなが》の臣で、本草学の心得があるのを幸い、京都に行ってその道の*蘊奥《うんおう》を窮《きわ》め、身分を隠して大塚御薬園を預るまでに出世したのです。

主君忠長自殺の後は、なんとかして、家光に怨《うらみ》を報じようと、高田御殿の中に祭壇《さいだん》を設《もう》けて、中世に流行《はや》った悪魔《サタン》を祭神とする呪法《じゅほう》を行ったのでした。その祭に夥《おびただ》しい犠牲《いけにえ》を要するところから、腹心の者に命じて、音羽九丁目に唐花屋という*小間物屋を出させ、

江戸中の美女を釣り寄せては、その内でも優れた美人を誘拐《かどわ》かして犠牲《いけにえ》にし、連夜ひそかに悪魔の呪法《じゆほう》を修《ず》して将軍家光を調伏《ちようぶく》＊する計画だったのです。

それも埒《らち》が明かないとみて、近頃は毒矢《どくや》を飛ばしたり、娘お小夜の美色を餌《えさ》に、毒湯をすすめて一挙に怨《うらみ》を報じようとしましたが、奉行の朝倉石見守《いわみのかみ》が老中に進言して、将軍家光に面差《おもざし》の似た与力笹野新三郎を替玉に使い、見事にその裏を掻《か》いて取って押えたのでした。

峠宗寿軒は詮議中に自殺してしまいましたが、娘のお小夜はそれっきり何処へ行ったかわかりません。

大塚御薬園は、その後間もなく取潰《とりつぶ》しになり、天和《てんな》元（一六八一）年護国寺建立の敷地として召上げられた事は人の知るところです。

銭形の平次はこれだけの仕事をして、将軍の命を狙う怨敵《おんてき》を平げましたが、笹野新三郎に約束したお鷹野以前に曲者を挙げることが出来なかったのと、事件の性質が性質なので、表向はその手柄に酬《むく》いられませんでした。しかし、家光の胸に銭形平次の名が印象深く記憶された事と、金色の処女《おとめ》——お静の愛を確《しつか》り摑んだことだけで、若い平次は満足しきっておりました。

お珊文身調《さんほりもの》べ

一

「やい、ガラッ八」

「ガラッ八は人聞きが悪いなア、後生だから、八とか、八公とか言っておくんなさいな」

「つまらねエ見得《みえ》を張りゃがるな、側《そば》に美しい＊新造《しんぞ》でもいる時は、八さんとか、八兄哥《あにい》とか言ってやるよ、平常《ふだん》使いはガラッ八で沢山だ。贅沢を言うな」

「情けねえ綽名《あだな》を取っちゃったものさね。せめて、銭形の平次親分の片腕で、小判形の八五郎とか何とか言や――」

「馬鹿野郎、人様が見て笑ってるぜ、往来で見得なんか切りゃがって――」

「へエ」

捕物の名人、銭形の平次と、その子分ガラッ八は、そんな無駄を言いながら、浜町河岸を両国の方へ歩いておりました。

逢えばつまらない無駄ばかり言っておりますが、二人は妙に気の合った親分子分で、平次のような頭の良い岡っ引にとっては、少し脳味噌《のうみそ》の少ない、その代り正直者で骨惜しみをしないガラッ八ぐらいのところが、丁度《ちょうど》手頃な助手でもあったのでしょう。

「ところで、八」

「ヘッ、有難てえことに、今度はガラ抜きと来たね。何です親分」

「今日の行先を知っているだろうな」

「知りませんよ。いきなり親分が、サア行こう、サア行こう――て言うから跟《つ》いて来たんで、時分が時分だから、大方『百尺』でも奢《おご》って下さるんでしょう」

「馬鹿だね、相変らず奢らせる事ばかり考えてやがる――今日のはそんな気のきいたんじゃねえ」

「へエ――そうすると、何時《いつ》かみたいに、食わず飲まずで、人間は何里歩けるか、お前に試《ため》させるんだ、てな事になりゃしませんか」

「いや、そんな罪の深いのじゃないが――変な事を聞くようだが、手前《てめえ》、身体を汚《よご》したことがあるかい」

「身体を汚す？」

「文身《ほりもの》があるかということだよ、――実は今日両国の種村《たねむら》に『文身白慢《ほりものじまん》の会』というのがあるんだ」

「ヘエ――」

「これから覗いてみようと想うんだが、蚤《のみ》が螫《さ》した程でもいいから、身体に文身《ほりもの》のない者は入れないことになっている」

「それなら大丈夫で」

「あるかい」

「あるかいは情けねえ、この通り」

袷の裾を捲って見せると、成程、ガラッ八の左の足の踝《くるぶし》に筋彫《すじぼり》＊で小さく桃《もも》の実を彫《ほ》ったのがあります。

「ウ、フ、――その文身《ほりもの》の方が情けねえ」

「そう言ったって、これでも蚤《のみ》の螫《さ》した跡《あと》よりはでかいでしょう。――一体そんなことを言う親分こそ身体を汚したことがありますかい」

「真似をしちゃいけねえ」

「何べんも親分の背中を流して上げたが、ついぞ文身《ほりもの》のあるのに気が付いたことがねえが――」

「そりゃア、手前《てめえ》がドジだからだ、文身《ほりもの》は確かにある」

「ちょいと見せておくんなさい」

「往来で裸になれるかい、＊折助《おりすけ》やがえんじゃあるまいし」

「見ておかねえと、何とも安心がならねえ。向うへ行って木戸でも衝《つ》かれると、銭形の親分ばかりじゃねえ、この八五郎の恥だ」

「余計な心配《しんぺえ》だ」

無駄を言ううちに、両国の＊橋詰、＊大弓場の裏の一郭《かく》の料理屋のうち、一番構えの大きい『種村《たねむら》』の入口に着きました。

「入らっしゃいまし」

「銭形の親分がお出でだよ」

「シッ」

大きい声で奥へ通すのを、平次は半分目顔で押えました。種村の前に世話人が四五人、怪し気な羽織などを引っ掛けて、一々出入りの人の身体を検《しら》べて、手形代《てがたがわ》りに文身《ほりもの》の有無を見ておりますが、平次は顔が売れているせいか、不作法な肌を脱ぐ迄もなく、その儘木戸を通されて、奥へ案内されたのです。

川に面した広間を三つ四つ打《ぶ》っこ貫《ぬ》いて、いかにも文身自慢らしいのが、もう五六人も集まっておりますが、平次は別段その中から人の顔を物色するでもなく、

「親分、石原のが来ていますぜ」

と袖を引くガラッ八を目で叱って、隅っこの方へ神妙に差し控えました。

二

文身《ほりもの》というのは、もとは罪人の入墨《いれずみ》から起ったとも、野蛮人《やばんじん》の猛獣脅《もうじゅうおど》しから起ったともいいますが、これが盛んになったのは、元禄《げんろく》以後、特に宝暦《ほうれき》、明和、寛政《かんせい》と加速度で発達したもので、平次が活躍して来た、寛永《かんえい》から明暦《めいれき》の頃（一六二四〜一六五八年）は、まだ大したことはありません。

図柄でもわかる通り、大模様の文身《ほりもの》の発達したのは、歌舞伎《かぶき》芝居や、浮世絵《うきよえ》の発達と一致したもので、今日残っている倶梨伽羅《くりから》紋々《もんもん》という言葉は、＊三代目中村歌右衛門が江戸に下《くだ》って、両腕一パイに文身《ほりもの》を描いて、倶梨伽羅太郎を演じてから起ったことだといわれております。

この物語の時代には、文字や図案めかしい簡単な文身が、漸《ようや》く絵に進化しただけのことで、まだ、大模様やボカシ入や浮世絵風の精巧《せいこう》な図柄はありません。しかし珍らしいだけに、世の中の好奇心の方は反《かえ》って旺《さか》んで、こんな会を催《もよお》すと、江戸中の文身自慢は言うに及ばず、蚤《のみ》の螫《さ》した跡のような文身を持っている人間までが、見物かたがたやって来るという騒ぎだったのです。

やがて定刻の未刻《やつ》（午後二時）が遅れて、中刻《ななつ》（四時）までに集まった者が九十八人、それに一々籤《くじ》を引かせて、番号順に肌を脱いで、皆んなに見せなければなりません。第一番は*鳶《とび》の者らしい若い男で、胸へヒョットコの面を彫って、背中へはおかめの面が彫ってあります。まことにとぼけたもので、相当手がこんでおりますから、その時代の人には珍らしく、ワッと褒め言葉が掛りました。

次に出たのは、*中間者らしい三十男。

「真っ平御免ねえ」

クルリと尻をまくると、両方の尻《しり》に蛙《かえる》となめくじを彫って犢鼻褌《ふんどし》の三つの上に、小さく蛇がとぐろを巻いております。

第三番目に出たのは、背中へ桜の一と枝に瓢箪《ひょうたん》、寛政天保（一七八九～一八四四年）以後のように手のこんだ文身《ほりもの》ではありませんが、これもその時分の人の眼には、相当立派に映《うつ》ります。

こうして九十八人裸にして押し並べ、それへ世話人が等級を付けて、第一等には白米が一俵、第二等には反物一反という工合に褒美を出す仕組み――その後、文化八（一八一一）年に一度、*天保の御改革《ごかいかく》に一度、文身御法度《ほりものごはっと》になりましたが、大体この競技会の方は、維新近くまで頻繁《ひんぱん》に催されましたから、年を取った方で、今に記憶している方も少なくないことでしょう。

ガラッ八の踝《くるぶし》の桃などは、あまりケチなんで吹き出させてしまいましたが、不思議なことに銭形平次の文身《ほりもの》は一寸当てました。肌を押し脱ぐと、背筋を真ん中にして、左右へ三枚ずつ、真田《さなだ》の紋《もん》のように、*六文銭の文身、これはなんとなく気がきいておりました。

さて、いよいよ九十八人全部裸体《はだか》になってしまって、この日の一等は、胸から背へかけて、胴一杯に、狐《きつね》の嫁入《よめいり》を彫った遊び人と、背中一面に*大津絵《おおつえ》の*藤娘《ふじむすめ》を彫った折助とが争うことになりましたが、いよいよこれが最後という時、

「あっしのも見ておくんなさい」

パッと着物を丸めて、満座の視線の中へ飛込んだ男があります。

「何だ、無疵《むきず》の身体じゃないか。色が白いだけじゃ通用しねえ、退《ど》いた退《ど》いた」

世話人がかき退《の》けるようにすると、

「俺の文身はこの下なんだ、諸人にひけらかすような安い絵柄《えがら》じゃねえ」

白木綿を一反も巻いたろうと思う新しい腹巻を、クルクルと解くと、その下から現われたのは真っ白な下腹部を三巻半も巻いて、臍《へそ》の上へ鎌首《かまくび》をヒョイともたげて、赤い焔《ほのお》のような舌を吐《は》いている蛇の文身《ほりもの》。

「あッ」

九十八人の文身自慢で集まった人達も、思わず感歎の声をあげました。

見ると、白皙《はくせき》長軀、*浪裡《ろうり》の張順《ちょうじゅん》を思わせるような好い男、一とわたり、一座の騒ぎ呆

れる顔をたそがれの色の中に見定めると、腹巻をクルクルと巻き直して、丸めた着物を小脇に掻い込むと、

「御免よ、あっしは忙しい身体なんだ。白米は後から貰いに来るぜ」

「あッ」

「待ちな」

と言う声を後に二階の縁側の欄干《らんかん》を越えると、庇《ひさし》を渡って、腹ん這いに雨樋《あまどい》に手が掛りました。

「御用ッ」

続いて飛付いたのは、先刻から虎視眈々《こしたんたん》として、一座をねめ廻していた石原の利助、縁側へ飛出して、曲者の後ろから欄干を越えようとする前へ、

「ちょいと親分、私の文身《ほりもの》も見てやって下さいな」

と立ち塞《ふさ》がった者があります。

「えッ、邪魔だッ」

「あれさ、石原の親分。あんなヒョロヒョロ蛇より、もっと面白いものをお目にかけようじゃありませんか」

絡《から》み付いて、利助を引戻したのは、この店の女中とも、客ともつかぬ、変な様子をしておりますが、二十二三の滅法美しい女。

「えッ何をしやがるんだ。手前《てめえ》のお蔭で、大事な捕物を逃がしたじゃないか」

女を突き飛ばした利助。同じく屋根を渡って、下へ飛降りましたが、ほんの暫く手間取るうちに、怪しい男はどこへ逃げたか、影も形もありません。

一方利助に突き飛ばされた女は、起き上がると思いの外ケロリとして、

「刺青《ほりもの》がありさえすりゃ、女だって構やしませんわねエ」

少し媚《こび》を含《ふく》んだ調子で、世話人の方へやって来ました。

「そりゃいいとも、お前さんを入れて丁度百人だ。皆んなこうして薄寒くなるのに、裸になって待っているんだからお前さんにも肌抜《はだぬ》ぎになって貰わなきゃならないが、承知だろうな」

「そんな事は何でもありゃしません。なアに銭湯へ行ったと思や――」

女は自分を励《はげ》ますようにそう言いながら、それでも少し含羞《はにか》む風情で、肌を押し脱ごうとしました。

二百の瞳が、好奇心に燃えて、八方からチクチクするほど見張っている中、たそがれかけたとはいっても、まだ充分に明るい川添の広間で、不思議な女は、サッと玉の肌をさらしたのでした。

「あッ」

百人が百人、感嘆の声をあげたのも無理はありません。白羽二重に紅を包んだような、

滑《なめら》かな美しい肌に、彫りも彫ったり、
　頸筋《くびすじ》に鼠、左右の腕に牛と虎、背に龍と蛇、腹に兎と馬――

　上半身に十二支《し》の内、子《ね》、丑《うし》、寅、卯《う》、辰、巳《み》、午《うま》の七つまで、墨と朱の二色で、いとも鮮《あざ》やかに彫ってあるのでした。

　女はさすがに身を恥《は》じて、二つの乳房を掌《たなごころ》に隠し、八方から投げかけられる視線を痛そうに受けて蹲《うずくま》りました。

　丁度そこへ、石原の利助は、広い梯子段を二つずつ飛上がるようにやって来たのです。

「女はどこへ行った。余計な事をしやがるんで、到頭《とうとう》曲者を逃がしてしまったぞ」

「ここにいるよ、石原の親分」

「あッ」

　利助もさすがに立ちすくみました。息せき切って飛込んだ鼻の先へ、匂うばかりに半裸体の美女、しかも、その上半身には、十二支の内、七つまで、羽二重に描いた藍絵《あいえ》のように見事な文身《ほりもの》がしてあるのです。

「お前は何だ」

「女よ――少しお転婆《てんば》だけれど」

「その文身は？」

「御覧の通り十二支さ、子《ね》から午《うま》まで、あとの五つを見たかったら面《つら》を洗って出直してお出で」

「何だと、女」

女はそう言ううちにも、肌を入れて前褄《まえづま》を直しました。

「反物は私が貰ったよ、皆さん左様なら」

小腰を屈めて、滑るように出ようとすると、

「待て待て、お前は先刻《さつき》の野郎の仲間だろう、叩けば埃《ほこり》の出そうな身体だ。番所*までちょっと来い」

と追いすがった利助、先へ廻って大手を拡げます。

丁度、その時でした。

「あッ、俺の紙入れ*がない」

「俺の羽織がねえぞ」

「大変、着物がなくなった」

という騒ぎ、九十八人悉《ことごと》く裸体になっているのですからその被害は大変です。

泥棒は多分、先刻の蛇の文身《ほりもの》の男の騒ぎから、引続いて女の文身の騒ぎの間に仕事をしたのでしょう、全然《まるつきり》裸にされたのが二十二三人、あとの七十何人も何かしら奪られない者はない有様です。

三

「親分、一体ありゃどうしたことです。九十何人裸にされるのを、銭形の親分が黙っているという法があるものですか」

とガラッ八、種村《たねむら》の騒ぎを後にしての帰り道、あまりの事に平次に食ってかかりました。

「ハッ、ハッハッ、お前《めえ》もそう思うか、いや面目次第もないと言いたいが、実は少しばかり心当りがあって、多分あんな事になるだろうと思っていたんだ」

「ヘエ――」

「だから、手前《てめえ》にも着物や持物に気を付けろと言ったじゃないか。それに、人の言うことを空耳《そらみみ》に走らせるから、平次の子分のガラッ八ともあろうものが、財布を盗まれるようなへまをやるんだ」

「まさに一言もねえ、あの中で一品《ひとしな》も盗られねえのは親分だけでしょうよ。石原の親分が、煙草入れをやられたのは大笑いさ」

「馬鹿野郎、余計な事を言うな」

「ヘエ――、それはそうと、石原の親分が縛って行った、あの綺麗な年増が、矢張り曲者でしょうかね」

「そんな事がわかるものか、俺は小泥棒を挙げに行ったんじゃねえ。十二支組《しぐみ》の残党《ざんとう》が、何人来るか見に行ったんだ」

「えッ」

「お前も知ってるだろう。一と頃江戸を荒し廻った十二支組、元は弱い者いじめをする悪侍やならず者を懲《こら》すつもりで、十二人の仲間が、銘々《めいめい》の干支《えと》に因《ちな》んで、身体に十二支を一つずつ文身したんだが、だんだん仲間に悪い奴が出来て、強請《ゆすり》、かたり、夜盗、家《や》*後切《じりきり》から、人殺しまでするようになり、十二人別れ別れになってしまったという話はお前も聞いている筈だ」

平次が案外シンミリ話し出したので、

「へエ——、二三年前に、そんな噂がありましたね」

ガラッ八も引入れられて、真面目に受け答えをします。

「ところが近頃妙なことがあるんだ」

「へエ——」

「ちょいちょい人殺しがあるが、検屍《けんし》に立会ってみると、それが大抵《たいてい》十二支のうちの一つを、身体のどこかに彫《ほ》っているんだ」

「へエ——」

「どうだ、この謎は解るかい」

「いいえ」

「感心したような顔をするから、解ったのかと思うと、何だ」

「叱ったっていけませんよ」

二人はそんな話をしながら、平次の家へ帰って来ました。

銭形の平次も、全くこの時ほど迷ったことはありません。近頃頻々《ひんぴん》として行《おこな》われる、性《たち》の悪い押込、強盗、家後切《やじりきり》は、どう考えても一二年この方のさばり返った十二支組の仕業に相違ありませんが、その十二支組の仲間と思われるのが、斬られたり、絞《くび》られたり、水へ突っ込まれたり、この間から五六人も死骸になって現われたのですから、十二支組が仲間割れしたか、それとも、第三者で義憤《ぎふん》の士がそっと十二支組を片付けているとでも思わなければなりません。

『文身《ほりもの》自慢の会』に、十二支組の仲間らしいのは、蛇の文身の男より外には、一人も来た様子はありません。すると、あの上半身に十二支のうち七つまで彫った美女、あの石原の利助に縛られて行った女——というのは何だろう。

平次は腕を拱《こまぬ》いて考え込んでしまいました。

「銭形の親分、ちょいとお顔を拝借さして下さいませんか」

磨き抜いた格子戸を開けて、慇懃《いんぎん》に小腰を屈めたのは、石原利助の子分で、清次郎という中年男、年は平次より大分上でしょうが、岡っ引の子分よりは商人といった感じのする、目から鼻へ抜けるような性《たち》の男です。

もっとも頭の良い平次には、少し勘定の合わないガラッ八が丁度いい相棒であったように、石原の利助のような、年を取った伝統主義の岡っ引には、こうした世才《せさい》に長《た》けた子分も必要だったのでしょう。

「お、清次郎兄イか、用事は何だ」

と平次。

「大変なことが起りました。ちょいと親分に八丁堀までお出になるように——と、笹野の旦那様のお言葉添えでございます」

藍微塵《あいみじん》の七三に取った裾《すそ》を下ろして、少し笑まし気に傾《かたむ》けた顔は、全く利助の子分には勿体ない人柄です。

「どうしたと言うんだい」

「へエ——、その、種村で捉《つか》まえた女を伴れて来て、改めてみると、文身《ほりもの》が半分消えちまったんで」

「あ、そんな事か」

「親分はもう御存じで——」

「知ってるわけじゃないが、大方そんな事だろうと思ったよ。実は俺もその術《て》を用いたんだ。背中へ藍墨《あいずみ》で、六文銭を描《か》いていったが、濡れ手拭《てぬぐい》で拭《ふ》くと、綺麗に消えるよ」

「へエ――」

「すると親分の文身はペテンだったんですね」

とガラッ八。

「当り前さ、俺は親から貰った生身《なまみ》を汚すことなんか大嫌いだよ」

「へエ――」

二人の子分は全く開いた口が塞《ふさ》がりませんでした。

「すると、あの女は、何の目当で、文身なんか描いたんでしょう？」

と清次郎、これは成程ガラッ八よりは事件の急所を知っております。

「それが解ってしまえば何でもないんだが、まだ少しばかり解らないことがある――、笹野の旦那のお言葉なら、行かないわけにはいくまいが、俺はもう少し考えを纏《まと》めたいことがあるんだ。すまないが清次郎兄イは、家《うち》の八の野郎を伴れて、一と足先に行ってみてはくれまいか」

「へエ――」

「それから念のために言っておくが、女の身体を濡《ぬ》れ手拭でよく拭いた上、髪を解いて頭の地を見てくれ。頭の地に何にも変ったことがなきゃア、あの女に用事はないが、万一あの頭に曰《いわ》くのある女なら、逃がさないようにって、石原の兄イへそう言ってくれ」

「ヘエ」

四

二人の子分──清次郎とガラッ八は宙を飛んで八丁堀へ駆けつけました。

与力、笹野新三郎の役宅へ飛込んでみると、女はまだ町奉行所には送らず、庭先に筵《むしろ》を敷いて、裸蠟燭《はだかろうそく》の下で、身体を拭かれております。

「不届きな女だ。文身《ほりもの》なんぞ描《か》きゃあがって、なんて事をするんだ」

四十を越した石原の利助が、濡れ手拭で、若い女の肌を拭いているのは、あまり結構な図ではありません。

後ろ手にほんの形ばかり縛られた女は、灯影に痛々しく身をくねらせて、利助の荒くれた手に、遠慮会釈もなく凝脂《ぎょうし》を拭かせております。

左には、瞬《またた》く赤い灯、右上からは、青白い月、女の顔も肌も、二色に照らし分けられて、その美しさは言いようもありません。赤い灯に照された方は、軽い苦悩に引き歪《ゆが》んで、少し熱を帯びたように見えると、青い月に照された方は、真珠色に光って、深沈《しんちん》としてすべての情熱が淀《よど》んで見えます。

笹野新三郎は、さすがに見るに忍びないか、面《おもて》を反《そむ》けて月を眺めております。小者*、折助手合は、物の隅、建物の蔭などから、好奇に燃ゆる眼を光らせて、この半裸体の女の、不思議なアク洗いを見物しておりました。

「恥っ掻きな女だ。何だってまた、こんな馬鹿な事をしたんだ。早く言うだけの事を申上げてしまって、旦那様の御慈悲を願え」

「――」

「お前は、あの蛇の文身《ほりもの》の男を知っているだろう、あれは十二支組の者と睨んだが、どこにいる何という者だ」

「――」

「フーン、物を言わないつもりだな、それもよかろう。自慢じゃねえが、俺は少しばかり腕が強いんだぜ。幸《さいわ》いお前の文身を洗い落す序《ついで》に、一と皮剝《は》いでやろうじゃないか、石原の利助を三助*にするなんざア、お前にとっちゃ一代のほまれだ」

利助の左の手が女の丸い肩に掛ると、右手に持った濡れ手拭が、恐ろしい勢いで女の背から、肩から、腕を摩擦《まさつ》し始めました。

「あっ」

身をねじ曲げて、もがく女。

「えッ、動くと当りが強いぞ」

ピシリと肩に鳴る利助の掌《て》。

女の肩から腕から背へかけての皮膚《ひふ》――羽二重のような美しい皮膚――は、利助の恐ろしい力に摺《す》り剝《む》かれて、みるみる血がにじみ出して来ました。

「ウーム」

強情に堪える唇から、セイセイ漏《も》らす息に伴《つ》れて、破れた笛を吹き続けるような、無《む》慙《ざん》な悲鳴が、ヒー、ヒーと断続します。

「あ、これ利助――」

新三郎は見兼ねて手を挙げましたが、

「旦那、放っておいて下さい。こうでもしなきゃア、素直に口を開く女じゃありません。――野郎、黙って見ていずに、塩《しお》でも持ってこい」

利助は、振り返ってもう一人の子分にそんな事を言います。

丁度そこへ、ガラッ八と清次郎が飛込んで来ました。

「平次親分は後から参りますが、その前に女の髪を解いて頭の地を見て下さいって言いましたよ。頭の地に何にもなきゃア、ただの女だが、何か曰《いわ》くがありゃ大事な女だと言いましたよ」

とガラッ八、自分の親分は予言者のように心得ているだけに、こう言う声も何となく誇《ほこ》らしく響きます。

「よしッ」

利助は案外素直に答えて、女の乱れかかった髪の中から、*元結《もとゆい》を探しました。子分に鋏《はさみ》を持ってこさして、嫌がるのを無理に切ると、丈なす黒髪が、サッと手に絡《から》んで水の如く後に引きます。

「えッ、ジタバタしたってどうにもなる場合じゃねえ、静かにしろ」

女の頭を膝の間に挟《はさ》むように、乱れ髪を掻き分けて、蠟燭《ろうそく》の灯を近づけた利助、何を探し当てたか、

「あッ」

とたじろぎました。とたんに、蠟燭が斜《ななめ》になって、蠟涙がタラタラと女の頬へ。

女は熱いとも言わず、凄婉《せいえん》な瞳を挙げて、世にも怨《うら》めしそうに、利助の顔を見上げました。

「どうした利助」

新三郎も思わず縁側から降り立ちました。蠟燭の灯を中心に、女の頭の上に顔を集めると、濃い黒髪の地に、藍色《あいいろ》に描《えが》かれたのは、紛《まぎ》れもない一匹の鼠の文身《ほりもの》。

「お、お」

驚く新三郎の顔へ正面《まとも》に、

「馬鹿にしちゃいけねえ、十二支組のお珊姐御《さんあねご》だ。臭い息なんか掛けると罰が当るよ」

桃色の啖呵《たんか》が、月下へ虹の如く懸《かか》ります。

五

その晩、銭形の平次が八丁堀へ駆けつけた時は、笹野新三郎の役宅《やくたく》は上を下への大騒動でした。

十二支組の女首領で、頭の地へ鼠の文身をしているお珊《さん》が誰の手を借りたか、見事に縄を切って逃げ出してしまったのです。

「平次、遅かった。大変な事になったぞ」

と笹野新三郎。さすがに役目の手前、奉行所へ送らずに自分の役宅から逃げられたでは申訳が立ちません。

「旦那、あの女が十二支組のお珊《さん》とわかれば、かえって筋が判然《はっきり》して来ました。御心配には及びません」

平次は大して驚いた様子もなく、いつもの平静な調子で、お珊が脱《ぬ》けたという縄の切目などを見ております。

「お前は何も彼《か》も判っているようだが、少し話してはくれまいか」

「へエ――、何にも判っているわけじゃございませんが、これだけは確《たし》かでございます、十二支組の残党で、生き残っているのが、鼠の文身をしているお珊と、蛇の文身をしている巳之吉《みのきち》と、猪《いのしし》の文身をしている亥太郎《いたろう》と三人だけですが、その三人が、何か命がけの争いをしているらしゅうございます」

「――」

「兎に角、お珊の隠れ家だけでも、直《す》ぐ突きとめて参りましょう」

「どこへ行くつもりだ」

「なアに、あれだけの十二支を女の肌に描くのは、絵にしたって心得がなくっちゃ出来ません。あっ、い、あっしの背中へ六文銭を描いてくれた、人形町の彫辰《ほりたつ》の顎《あご》を探ったら、大方女の住家の当りが付きましょう、御免」

平次はフラリと八丁堀の役宅を出ました。人形町までは、若い平次の足では本当に一と走りですが、彫辰へ行って聞いてみると、さて、思ったように簡単には埒《らち》があきません。

「そんな新造《しんぞ》が来ましたよ。親方が六文銭を描かせて、お帰りになった直ぐ後でしたが、何でも、お茶番*をやるんだから、腰から上へ、七つだけ十二支を描いてくれ――とこういう注文じゃありませんか、断る筋のものでもありませんから、二た刻（四時間）ばかりかかって念入りに描いてやりましたよ、――町処は知りません、あんまり綺麗な女だからって、若い者が後で騒ぎましたが、この辺で見たことのない女で探しようがありません。だがね、親分、絵を描いただけでさえ、あんなにいい心持なんだから、こっちから金を出しても、あの羽二重のような肌へ、存分《ぞんぶん》な図柄《ずがら》で彫《ほ》ってみたいと思いましたよ」

彫辰はこんな事を言いながら、名人らしく、蟠《わだかま》りもなく笑っております。

少し大きい口を利いて、笹野新三郎に別れてきた平次は、暫く去りも敢《あ》えず、彫辰の戸口で唸《うな》っておりました。

六

話は少し前後しますが、誰やらに縄を切り離されて、そっと物置から連れ出されたお珊《さん》、少し痛む身体を我慢して、導《みち》かれるままに、そっと裏門を抜け出しました。ほんの一二町（約百〜二百メートル）行くと、とある路地から、小手招きする者があります。疲《つか》れ果てたお珊は、それを疑う気力もなく、フラフラと入っていくと、突き当りは、一寸《ちょ》つとしたしもたや、開け放したままの入口を入ろうとすると、後ろからパッと飛付いて横抱きにしたものがあります。

「あッ」

と驚く隙《すき》もありません。漸《よう》く解いてもらった縄をもう一度掛け直したばかりでなく、今度は念入りに猿轡《さるぐつわ》まで嚙ませて引摺り上げます。こんな事をする位なら、最初から縄付のまま引張り出してくれればいい筈ですが、それでは人目に立つとでも思った細工でしょう。

奥へ担《かつ》ぎ込まれて、投《ほう》り出すように引据えられたお珊《さん》、思わず四方《あたり》を見廻すと、目の前に坐っているのは細面に青髯《あおひげ》の目立つ、一寸凄い感じのする若い男。

「お珊、久し振りだなア」

少し脂下《やにさが》りに銀煙管*を噛んで、妙に含蓄《がんちく》の多い微笑を送ります。

「あッ、お前は亥太《いた》――」

驚くお珊、こう言ったつもりですが、猿轡《さるぐつわ》を噛まされておりますから、もとより声は出ません。恐ろしい苦痛を忍んで、僅《わず》かに負けじ魂の眼を光らせます。

「ウ、フ、思い出したか。どうだお珊、お前と俺との間には、まだ済まない勘定がある筈だ。今晩は一と思いにそれを決めようと思って伴《つ》れて来たんだ。猿轡を噛ませちゃ気の毒だが、大きい声を出されると厄介だ。少しの間我慢をしてくれい。何？　お前は怒っているのか、――ハ、ハッハッ、猿轡が気に入らないんだろう、よしよし解いてやる。その代り、間違っても大きい声を出すと、一と思いに芋刺《いもざ》しだよ」

亥太郎はそう言いながら、立ち上がってお珊の猿轡を解きました。もっとも、同時に脇差を一本、縛られたままのお珊の前へ置くことを忘れるような男ではありません。

「さア、これでよかろう。兎に角、あの八丁堀の組屋敷*からお前を助けて来たんだ。俺はお前のためには恩人だ、少しは素直に言うことを聞いてくれるだろうな」

周囲《あたり》には誰もいません。親分に遠慮して皆んな外へ出てしまったのでしょう。亥太郎の執念深そうな青い眼だけが、お珊の美色に絡《から》み付くように、その顔から、頸筋《くびすじ》から、縛られた胸を見詰めております。

「お珊《さん》、手っ取り早く言おう、俺とお前は昔の仲間、三年前に別れ別れになって、今は十二支組もあるわけはねえが、俺はどうもお前《めえ》が忘れられねえ——内々様子を探ると、お前は巳之吉《みのきち》と夫婦みたいに暮しているようだが、そりゃお前悪い了簡《りょうけん》だぜ。巳之はあれから身を持ち崩《くず》して、泥棒、家後切、人殺しまでやるそうだ。いわば十二支組の面汚《つらよご》しさ。そんな悪い人間はあきらめて、俺のところへ来るがいい、近頃商法が当って、金も大分出来たから、お前に不自由させるようなことはねえつもりだ」

「お黙りッ」

お珊《さん》はたまり兼ねてこう言いました。

「何?」

「黙って聞いていりゃ何だとえ、巳之《みの》さんは泥棒や人殺しをするから、別れろッて、——馬鹿も休み休みお言いよ、泥棒や人殺しはお前の方じゃないか。その上、昔の十二支組の者が、自分の素姓《すじょう》を知っているのが恐ろしさに、お前は、仲間の者を片ッ端から殺して歩くっていうじゃないか。誰がそんな鬼のような奴の言うことを聞くものか。私は十二支組の大姐御《おおあねご》でお前は一番の新米の亥太郎じゃないか、馬鹿も休み休み言わないと承知しないよッ」

「少し声が高いぞ女、これが見えないか」

亥太郎はドギドギするのを取上げて、お珊の胸へピタリと付けました。

「さア、殺しておくれ、殺されたって、お前なんかの——」

半分言わせず、亥太郎は飛付くように、もう一度猿轡《さるぐつわ》を噛ませました。

「えッ、やかましい女だ。もう少し小さい声で物を言え、野中の一軒家じゃねえぞ」

「——」

「暫く考えさせてやる。明日になっても強情を張ると、お前ばかりか巳之吉の命はねえぞ」

「——」

「俺は彼奴《あいつ》の巣を見届けているんだ。ちょいと笹野の旦那に教えてやりゃ、獄門台《ごくもんだい》に上る野郎だ」

お珊の美しい眼が、深怨《しんえん》と憤怒に燃えるのを亥太郎は面白そうにいつまでもいつまでも眺めております。

七

「親分、判った」

その翌日の夕刻、ガラッ八は転《ころ》がるように平次の家へ飛込んで来ました。

「何が判った」

「情けねえな親分、しっかりしておくんなさい。一日と一と晩あっしは寝ずに働いたんだ」

「ガラッ八、俺は寝ずに考えたんだ」

「考えたってこれが判るわけはねえ、足の裏に文身《ほりもの》のある人間は親分――」

「シーッ、小さい声で言え」

「三人で手分けをして、八丁堀から両国まで、銭湯という銭湯を一軒ずつ歩いたんだ。どこの番台で聞いても、足の裏に文身をしている人間なんか、見たこともねえ――って言いましたぜ」

「それじゃ、わかったと言うのは何だ」

「どっこい話はこれからだ。一日一と晩歩き廻って、すっかり汗になって、町内の銭湯へ行って、何気なくその話をすると、――どうだい親分、燈台下暗《とうだいもとくら》しだ、この町内にいるぜ――足の裏に文身《ほりもの》をしてるのが」

ガラッ八の声は物々しく低くなります。

「驚いちゃいけませんよ、石原の利助親分の一の子分、あの清次郎――」

「誰だ」

「何、何だと」

平次はこの時ほど仰天《ぎょうてん》したことはありません。それから笹野新三郎の役宅に飛込んで行って、一刻《とき》（二時間）ばかり密談をすると、何気ない様子をして、清次郎を呼出させました。

まさか悪事露《ろ》顕《けん》とも知らず、ノコノコやって来た清次郎を平次とガラッ八と二人で取って押えるのに、どんなに骨を折った事でしょう。縄をかけて、足の裏を見ると、丁度土踏《つちふ》まずのあたりに、ほんの一寸五分（四センチ）ばかりの小さい猪《いのしし》が文身してあったのです。弁解がましい事を言うのをその儘にしておいて、清次郎の家へ駆けつけてみると、二三人の子分が、お珊《さん》を縛り上げて、責《せ》めさいなんでいる最中、バタバタと縛り上げて、事情は一瞬の間に解決してしまいました。

十二支組の一人、亥太郎が、自分の悪事の妨《さまた》げになるので、素姓を知った昔の仲間を片っ端から殺しましたが、お珊《さん》の美色に未練があったばかりに、とうとう最後の二人で躓《つまず》いてしまったのです。これだけの細工をしながら、一面は年恰好まで変えて、利助の子分として分別臭い顔をして来たので、どうしても捕らなかったのは無理ないでしょう。巳之吉の隠れ家も直ぐわかりました、これも亥太郎の手込《てごめ》に逢って、九死一生の危いところを救われ、平次の取なしで少しばかりの罪はそのまま流してもらいました。巳之吉が『文身自慢《ほりものじまん》の会』へ出たのは、日蔭《ひかげ》の身ながら、あの見事な蛇の文身が見せたかったためで、お珊《さん》はそれを察して彫辰に十二支を描かせ、『文身自慢の会』を騒がして、男の危急を救ったのでした。

平次は十二支組の秘密を読むことが出来ないために、随分長い間苦労しましたが、お珊の鼠が頭の地にあり、巳之吉の蛇が腹に巻き付いているのを推《お》して、亥太郎の猪《いのしし》は足の裏にあるに相違ないという結論に到達したのでした。一つは十二支組の文身が、悉《ことごと》く人目に付かぬところにあったのから思い付いたわけです。

文身《ほりもの》発達史の最初の頁《ページ》に、こうしたロマンスもあったということを話すのが、この物語の目的です。巳之吉とお珊《さん》が、平次の情けで目出度く夫婦になったことや、正業に就いて長生きをしたというような事は毛頭ここへ書くつもりはありません。

南蛮秘法箋

一

小石川水道端に、質屋渡世で二万両の大身代を築《きず》き上げた田代屋又左衛門、年は取っているが、昔は*二本差だったそうで恐ろしいきかん気。

「やいやいこんな湯へ入られると思うか。風邪を引くじゃないか、馬鹿馬鹿しい」

風呂場から町内中響き渡るように怒鳴《どな》っております。

「ハイ、唯今《ただいま》、すぐ参ります」

女中も庭男もいなかったと見えて、奥から飛出したのは伜《せがれ》の嫁のお冬、外から油障子を開けて、手頃の薪《まき》を二三本投げ込みましたが、頑固な*鉄砲風呂で、急にはうまく燃えつかない上、煙突などという器用なものがありませんから、忽《たちま》ち風呂場一杯に漲《みなぎ》る煙です。

「あッ、これはたまらぬ。エヘンエヘンエヘン、そこを開けて貰おう。エヘンエヘンエへン、寒いのは我慢するが、年寄に煙は大禁物だ」

「どうしましょう、ちょっと、お待ち下さい。燃え草を持って参りますから」

若い嫁は、風呂場の障子を一パイに開けたまま、面喰らって物置の方へ飛んで行ってしまいました。

底冷のする梅二月、宵といっても身を切られるような風が又左衛門の裸身を吹きますが、すっかり煙に咽《む》せ入った又左衛門は、流しに踞《うずくま》ったまま、大汗を掻いて咳入《せきい》っております。

その時でした。

どこからともなく飛んで来た一本の吹矢、咳き込むはずみに、少し前屈みになった又左衛門の二の腕へ深々と突っ立ったのです。

「あッ」

心得のない人ではありませんが、全く闇の礫《つぶて》です。思わず悲鳴をあげると、

「どうしたどうした、大旦那の声のようだが」

店からも奥からも、一ぺんに風呂場に雪崩《なだれ》込みます。

見ると、裸体のまま、流しに突っ起った主人又左衛門の左の腕に、白々と立ったのは、羽ごと六寸（十八センチ）もあろうと思う一本の吹矢、引抜くと油で痛めた竹の根は、鋼鉄《はがね》の如く光って、美濃紙《みのがみ》を巻いた羽を染めたのは、斑々《はんはん》たる血潮です。

「俺は構わねえ、外を見ろ、誰が一体こんな事をしやあがった」

豪気な又左衛門に励まされるともなく、二三人バラバラと外へ飛出すと、庭先に呆然立っているのは、埃除《ほこりよ》けの手拭を吹流しに冠《かぶ》って、燃え草の木片を抱えた嫁のお冬、美しい顔を硬張らせて、宵闇の中にどこともなく見詰めております。

「御新造様、どうなさいました」

「あ、誰かあっちへ逃げて行ったよ。追っ駆けて御覧」

と言いますが、庭にも、木戸にも、往来にも人影らしいものは見当りません。

「こんな物が落ちています」

＊丁稚《でっち》の三吉がお冬の足元から拾いあげたのは、四尺（百二十センチ）あまりの本式の吹矢筒《ふきやづつ》、竹の節を抜いて狂いを止めた上に、磨きをかけたものですが、鉄砲の不自由な時代には、これでも立派な飛び道具で、江戸の初期には武士もたしなんだといわれる位《くらい》、後には子供の玩具《おもちゃ》や町人の遊び道具になりましたが、この時分はまだまだ、吹矢も相当に幅を利《き》かせた頃です。

余事はさておき――、

引抜いたあとは、つまらない瘡薬《きずぐすり》か何かを塗って、その儘《まま》にしておきましたが、その晩から大熱を発して、枕も上がらぬ騒ぎ、暁方かけて又左衛門の腕は樽のように腫《は》れ上がってしまいました。

神楽坂《かぐらざか》から名高い外科を呼んで診て貰うと、

「これは大変だ。しかし破傷風《はしようふう》にしてもこんなに早く毒が廻る筈はない——吹矢を拝見」

仔細らしく坊主頭を振ります。

昨夜の吹矢を、後で詮索《せんさく》をする積《つも》りで、ほんの暫《しばら》く風呂場の棚の上へ置いたのを、誰の仕業《しわざ》か知りませんが、瞬《また》たくうちになくなってしまったのです。

「誰だ、吹矢を捨てたのは」

と言ったところで、もう後の祭り、故意か過《あやま》ちか、兎に角、又左衛門に大怪我をさした当人が、後の祟《たた》りを恐れて隠してしまったことだけは確かです。

「それは惜しいことをした。ことによると、その吹矢の根に、毒が塗ってあったかも知れぬて」

「え、そんな事があるでしょうか」

又左衛門の伜又次郎、これは次男に生れて家督《かとく》を相続した手堅い一方の若者、今では田代屋の用心棒といっていい程の男です。

「そうでもなければ、こんなに膨《ふく》れるわけがない。この毒が胴に廻っては、お気の毒だが命がむずかしい。今のうちに、腕を切り落す外はあるまいと思うが、如何《いかが》でしょうな」

こう言われると、又次郎はすっかり蒼くなりましたが、父の又左衛門は武士の出というだけあって思いの外驚きません。

「それは何でもないことだ。右の腕一本あれば不自由はしない、サア」

千貫目の錘《おもり》を掛けられたような腕を差出して、苦痛に歪《ゆが》む頬に、我慢の微笑を浮べます。

二

「ネ、親分、右の通りだ。田代屋の若旦那が銭形の親分にお願いして、親父の片腕を無くさせた相手を取っちめて下さいって、拝むように言いましたぜ」

「多寡《たか》が子供の玩具《おもちや》の吹矢なら、洗い立てして、反《かえ》って気の毒なことになりはしないか」

銭形の平次は、容易に動く様子もありません。

「吹矢は子供の玩具でも、毒を塗るような手数なことをしたのは大人《おとな》でしょう」

「それは解るもんか」

「その上、吹矢筒の吹口には、女の口紅が付いていたって言いますぜ」

「何だと、八」

「それお出でなすった。この一件を打明けさえすりゃ、親分が乗り出すに決ってると思ったんだ」

ガラッ八はすっかり悦に入って内懐から出した掌《てのひら》で、ポンと額を叩きます。

「八、そりゃ本当か。無駄を言わずに、正味《しょうみ》*のところだけ話せ」

「正味もおまけもねえ。吹矢筒の吹口に、こってり口紅が付いているんだ。その上、吹矢が飛んで来た時、外にいたのは嫁のお冬だけ。疑いは真一文字に恋女房へ掛っていくから、又次郎にしては気が気じゃねえ」

「フム」

「銭形の親分にお願いして、なんとかお冬の濡《ぬ》れ衣《ぎぬ》が干してやりてえ、あの女は、そんな大それたことの出来る女じゃねえ――って言いますぜ」

「誰しも手前の恋女房を悪党とは思いたくなかろう。ところでガラッ八、その吹矢は一体誰のだえ」

「それが可笑《おか》しいんで――」

「何が？」

「親分も知っていなさるだろうが、田代屋の総領というのはあの水道端の又五郎って、親仁《おやじ》にも弟にも似ぬ、恐ろしい道楽者だ」

「そうか、あの水道端の又五郎は、田代屋の伜か」

「それですよ親分、十年も前に勘当されて、暫く海道筋《かいどうすじ》をごろついていましたが、一年ばかり前、芸妓上《げいしゃあが》りのお半という女房と、取って八つになる、留吉という伜を伴《つ》れて帰って来て、図々しくも、田代屋のツイ隣に世帯を持ったものだ」

「フフ、話は面白そうだな」

「呆れた野郎で、世間では、田代屋の*身上《しんしょう》に未練があって、古巣を見張りかたがた戻って来たに違《ち》げえねえって言いますぜ」

「そんな事もあるだろうな」

「吹矢はその小伜の留吉のだから面白いでしょう」

「何だと、八、なぜ早くそう言わねえ」

「ヘッ、ヘッ。話をこう運んでこなくちゃ、親分が動き出さねえ」

「馬鹿野郎、掛引なんかしやがって」

そう言いながらも平次は、短かい羽織を引っ掛けて、ガラッ八を追っ立てるように、水道端に向いました。

先は多寡《たか》が質屋渡世の田代屋ですが、二万両の大身代の上、仔細あって公儀からお声の掛った家柄、まさか*着流しで出かけるわけにもいかなかったのです。

三

向うへ行ってみると、待ってましたと言わぬばかり。

「銭形の親分、よくお出で下さいました」

若主人、又次郎は、＊足袋跣足《たびはだし》のままで、店口から飛出し、庭木戸を開けて、奥へ案内してくれます。

「親分、これは若旦那の又次郎さんで――」

ガラッ八が取なし顔に言うと、

「有難うございました。滅多に人を縛らないという銭形の親分がお出で下すったんで、どんなに心強いかわかりません。親仁《おやじ》は昔気質で、腕一本は惜しくないが、家の中の取締りがつかないから、縄付を出しても仕方がない、吹矢を飛ばした女を突き出せ――とこう申します。吹矢を飛ばした奴と言わずに女と言うのは、家内の冬に当てつけた言葉で、私共夫婦は途方に暮れてしまいました。出来ることなら親仁の迷いを晴らして、家内を助けてやって下さいまし」

山の手の広い構《かまえ》、土蔵と店の間を抜けて、母屋《おもや》へ廻る道々、又次郎は泣き出さんばかりの様子で、こう囁きます。

やがて奥へ通って、大主人の又左衛門に引合されましたが、これは思いの外元気で、床の上に起き直って平次とガラッ八を迎えました。

「銭形の親分だそうで、よくお出で下さいました」

「とんだ災難でございましたな、どんな様子で？」

「なアに腕の一本位に驚く私じゃないが、やり口が如何《いか》にも憎い。刀か槍《やり》で向ってくるなら兎も角、風呂場で煙責《けむりぜめ》にしておいて、毒を塗った吹矢《ふきや》を射るというのは、女の腐ったのがすることじゃありませんか」

暗に嫁のお冬と言わないばかり、無事な右手に握った煙管《きせる》で、自棄《やけ》に*灰吹《はいふき》を叩きます。

成程福島浪人というのは嘘でなかったでしょう。七十近い巌乗《がんじょう》な身体に、新しい忿怒《ふんぬ》が火の如く燃えて、物馴れた平次も少し扱い兼ねた様子です。

「吹矢筒はその儘にしてあるでしょうな」

と平次。

「大事な証拠ですから、私の側から離しゃしません、この通り」

伜の又次郎が手を出しそうにするのを止めて、自分で膝行《いざ》り寄って、壁際に立てかけてあった吹矢筒を取って、平次に渡します。

平次は受取って、端っこを包んだ手拭をほぐすと、中から現われたのは、成程はっきり紅いものの付いた、吹口。

「ね、銭形の親分、口紅でしょう」

「そうでしょうね」

平次は気の乗らない顔をして、ひと通り吹矢筒を調べると、

「矢は矢張り見えませんか」

解り切ったことを言います。

「それが見えないから不思議で——」

「たしかに毒が塗ってあったでしょうな」

「それは間違いありません。神楽坂の本田奎斎《けいさい》先生、——外科では江戸一番といわれる方だ。その方が診《み》て言うんだから、これは確かで」

「成程、ところでそんな恐ろしい毒を手に入れるのは容易じゃありませんね」

「ところが、親類に生薬屋《きぐすり》があるんですがね」

「えッ」

「嫁の里が麴町《こうじまち》の桜井屋で」

「——」

平次は黙って、この頑固な老人の顔を見上げました。麴町六丁目の桜井屋というと、山の手では評判の生薬屋で、お冬の里がそこだとすると、これは全く容易ならぬことになります。

「どうでしょう銭形の親分、これでも疑う私が悪いでしょうか。打明けると家の恥だが、隣に住んでいる総領《そうりょう》の又五郎、やくざな野郎には相違ありませんが、近頃は幾らか固くもなったようだし、自分から進んで親の側へ来る位だから、少しは人心もついたのでしょう。私も取る年なり、いずれ勘当を許して、せめて隠居料に取り除《の》けておいた分だけでも孫の留吉にやりたいと話したのがツイ四五日前の事だ。その舌の乾かぬうちに、私の命を狙った者があるんだから変でしょう——こんな事を言うと、伜の又次郎が厭な顔をするが、私の身にとってみると、そうでも考えるより外には、道がないじゃありませんか、ね、銭形の——」

又左衛門の心持は、益々明かでした。又次郎は席にもいたたまらず、滑るように敷居の外に出ると、誰やらそこで立ち聴きをしていたものか、又次郎のたしなめる声の下から、クッと忍び泣く声が洩れます。

「一応御もっともですが、私にはまだ腑《ふ》に落ちないことがあります。ちょっと、お宅の間取りから、風呂場の様子、雇人の顔も見せて下さいませんか」

「サア、どうぞ——。これ、親分を御案内申しな。自由に見て頂くんだぞ」

「ハイ」

次の間から出て来た又次郎、——若い美しい女房に溺《おぼ》れ切って、家業より外には何の楽しみも望みも持っていないらしい若者、父親の厳《いか》めしい眼を避けるように、いそいそと先に立ちます。

四

「これが家内」

又次郎に引合されたのは、ひどく打ち萎《しお》れてはおりますが、なんとなくハチ切れそうな感じのするお冬、丈夫で素直で、美しくて、まず申分ない嫁女振りです。

「それから、これが妹分のお秋」

これはお冬にも優《ま》して美しい容貌《きりよう》ですが、どこか病身らしく、日蔭の花のようにたよりない娘です。年の頃は十八九。

これは後で又次郎に聞いた事ですが、妹といっても実は奉公人で、頼るところもない身の上を気の毒に思って、三年越し目をかけてやっている娘だったのです。如何《いか》にも育ちは良いらしく、物腰態度に、なんとなく上品なところさえあって、見ようによっては、町家に育った、嫁のお冬よりも遥《はる》かに美しく見えます。

続いて大番頭*の長兵衛、手代*の信吉、皆造、丁稚《でっち》小僧までなかなかの人数ですが、平次は面倒臭そうな様子もなく一人一人に世間話やら、商売の事やらを訊ねて、お勝手から風呂場の方へ歩みを移します。

*仲働きはお増というきかん気らしい中年者、飯炊《めした》きは信州者の名前だけは色男らしい権三郎。合間合間に風呂も焚《た》かせられ、庭も掃かせられ、ボンヤリ突っ起っていると、使い走りもさせられる調法な男です。

ひと通り風呂を見廻った平次は、油障子を開けて外へ出ました。

「ね、親分、ここがその又五郎って、兄貴の家ですぜ」

「――」

何時《いつ》の間にやら、ガラッ八が縋《つ》いてきて囁きます。

「風呂場の障子が開けっ放しになっていると、この垣根からでも流しに立っている人間へ吹矢が届かないことはないでしょう、――吹矢を飛ばした上で、筒《つつ》を向うへ放り出すと――丁度あの辺」

「――」

「もっとも、ここから五六間（十メートル前後）あるから、馴れなくちゃ、そんな手際の良いことは出来ねえ。この節は両国あたりの矢場で吹矢を吹かせるから、道楽者には、飛んだ吹矢の名人がいますぜ」

「馬鹿ッ、何をつまらねえ事を言うんだ――黙っていろ」

「へエ――」

妙にからんだガラッ八の言葉を押えて、平次は垣の外から声を掛けました。

「今日《こんにち》は、又五郎さんはいなさるかい、今日は──」

「何を言やがる──、ここからでも吹矢が届かないことはない──なんて、厭がらせを言やがって一体何奴《どいつ》だ」

飛出したのは、又次郎の兄、田代屋の総領に生れて、やくざ者に身を落した又五郎です。三十を大分過ぎた、一寸《ちよつと》良い男。藍微塵《あいみじん》の狭い袷の胸をはだけて、かけ守袋《まもり》と白木綿の腹巻を覗かせた恰好で、縁側からポンと飛降ります。

「あれ、お前さん、銭形の親分だよ。滅多なことを言っておくれでない」

後ろから袖を押えるように、続いて庭先に出たのは、三十を少し越したかと思う、美しい年増、襟の掛った袢纏《はんてん》を引っかけて、眉《まゆ》の跡青々《あとあおあお》と、紅を含んだような唇が、物を言う毎《ごと》に妙になまめきます。

「何をッ、銭形だか、馬方だか知らねえが、厭な事を言われて黙っていられるけえ。憚《はばか》りながら、親子勘当はされているが、この節はすっかり改心して、親のいる方には足も向けて寝ねえように心掛けている又五郎だ。間違ったことを言やがると、土手っ腹を蹴破るぞ」

「兄イ、勘弁してくんな、たいした悪気《わるぎ》で言ったわけじゃあるめえ。なア八、手前も謝まってしまいな」

平次は二人の間へ食込むように、垣根越しながら、又五郎を宥《なだ》めます。

「銭形のがそう言や、今度だけは勘弁してやらあ。二度とそんな事を言やがると、生かしちゃおかねえぞ、態《ざま》ア見やがれ」

又五郎は少し間が悪そうに、ガラッ八の頭から捨台詞《すてぜりふ》を浴びせて家の中へ引込んでしまいました。

五

「サア、銭形の親分、もう何もかもお解りだろう。家の者だって、外の者だって、遠慮することはない。縛って引立てておくんなさい」

外から帰って来た平次を見ると、又左衛門はいきり立って、皆んなの後から蹤《つ》いて来た嫁のお冬を睨《ね》め廻します。

「旦那、まだそこまでは解りません——が、吹矢を射たのは、御新造でないことだけは確かですよ」

「えッ、何、どうしてそんな事が判ります」

「吹矢筒の口をもう一度見て下さい。付いているのは口紅に相違ないが、それは唇から付いたんじゃありません。唇から付いたんなら、もう少し薄《うっす》り付きますが、筒の口は紅が笹色《ささいろ》になっているほど付いてるでしょう。それは、紅皿から指で筒の口へ捺《なす》ったものに相違ありません」

「えッ」

「見たところ、ほんの少しでも、口紅をさしているのは、この家の中では御新造だけだ。誰か悪い奴がそれを知っていて吹矢筒の口へ紅を塗って、庭へ捨てておいたんでしょう。その時直《す》ぐ、そこにいた者の指を見りゃ、一ぺんに判ったんだが惜しいことをしましたよ」

「フム――」

銭形平次の明察は、掌《たなごころ》を指すようで、又左衛門も承服しないわけにはいきません。

「まだありますよ。吹矢は風呂の棚の上からなくなったと言いましたが、私は見当をつけて探すと、一ぺんに見つかってしまいました、これでしょう」

平次は二つ折にした懐紙《かいし》を出して、又左衛門の前に押し開くと、その中から現われたのは、紛《まぎ》れもない磨いた油竹《あぶらだけ》に美濃紙の羽をつけた吹矢――、もっとも吹矢はすっかり泥に塗《まみ》れて、紙の羽などは見る影もありません。

「あッ、これだこれだ、どこにありました」

「それを言う前に伺っておきますが、御新造は、その晩外へ出なかったでしょうな」

「え、風呂場からお父様をここへお運びして、それからズッとつき切りでございました」

お冬は救いの綱を手繰《たぐ》るように、おどおどしながら言い切ります。

「そうでしょう、――ところでこの吹矢は庭の奥の土蔵の軒に、土の中に踏み込んであったのです」

「えッ」

「それも、女の下駄なんかじゃありません。職人や遊び人の履く麻裏《あさうら》で踏んでありました」

「ホウ」

又左衛門も又次郎も、声を合せて感嘆しました。その一座の驚きに誘われるように、

「有難うございます。銭形の親分、私は、もうどうなることかと思いました」

お冬は敷居際に、泣き伏してしまいました。

六

事件はこんな事では済みませんでした。

紛れるともなく経った、ある日のこと、平次の家へ鉄砲玉《てっぽうだま》のように飛込んで来たガラッ八。

「親分、大変ッ」

せん。

「何だ、ガラッ八か。相変らず騒々しいね」

「落着いていちゃいけねえ、田代屋の人間が鏖殺《みなごろし》にされたんですぜ」

「何だと、八？」

銭形の平次も驚きました。あわて者のガラッ八の言う事でも鏖殺は穏やかではありま

せん。

「それッ」

と神田から水道端まで、一足飛びにスッ飛んで行くと、成程田代屋は表の大戸を締めて、中は煮えくり返るような騒ぎです。幸いガラッ八が聞き噛った、鏖殺の噂にはおまけがありましたが、一家全部何を食ってか恐ろしい中毒で、いずれも虫の息の有様、中でも一番先に腹痛《ふくつう》を起した小僧の三吉は、平次が駆けつけた時はもう息根《いきのね》が絶えておりました。

年は取っても、剛気な又左衛門は、一番気が強く、これも少食のお蔭で助かった嫁のお冬と一緒に、家族やら店の者を介抱しておりますが、日頃から丈夫でない養《やしな》い娘のお秋は、一番ひどくやられたらしく、藍《あい》のような顔をして悶《もだ》え苦しんでおります。町名主*から五人組*の者も駆けつけ、医者も三人まで呼びましたが、なにぶん病人が多いのと、急のことで手が廻りません。そのうち平次は、

「ガラッ八、今朝食った物へ、皆んな封印をしろ、鍋や皿ばかりでなく、水瓶《みずがめ》も手桶も

一つ残らずやるんだ、解ったか」

「合点」

平次のやり方は機宜《きぎ》を掴みました。もう半刻（一時間）放っておいたら、親切ごかしの弥次馬に荒されて、何が何だかわからなくなってしまったでしょう。一家中毒を起して小僧が一人死んだ上、あと幾人かは、生死も解らぬ有様ですから、平次が行き着く前に、町役人から届出て朝のうちに検屍《けんし》が下る騒ぎです。

町医者立会の上、いろいろ調べてみると、毒は朝の飯にも汁にもあるという始末、突き詰めていくと、井戸は何ともありませんが、お勝手の水甕《みずがめ》——早支度をするので飯炊きの権三郎が前の晩からくみ込んでおいた水の中には、馬を三十匹も斃《たお》せるほどの恐ろしい毒が仕込んであったのです。

「これは驚いた、これほどの猛毒は、日本はもとより唐天竺《からてんじく》にも聞いたことがない。附《ぶ》子《し》や鴆《ちん》と言ったところで、これに比べると知れたものだ」

と、奎斎《けいさい》先生舌を巻きます。

「すると、その辺の生薬屋で売っているといったザラの毒ではないでしょうな」

と平次。

「左様、これほどの水甕に入れて、色も匂いも味も変らずほんの少しばかり口へ入っただけで命に係わるという毒は私も聴いたこともない。これは多分、——南蛮筋《なんばんすじ》のものでもあろうか——」

「へエ——」

「耳掻き一杯ほどの鴆毒《ちんどく》でも、何百金を積まなければ手に入るものではない、——イヤ何百金積んでも手に入らないのが普通だ」

奎斎老の述懐は、益々《ますます》平次を驚かすばかりです。

「夜前《やぜん》にくみ込んだ水甕《みずがめ》へ、それほどの毒を入れたのに、戸締りが少しも変っていないところを見ると、これは外《そと》の者の仕事ではない。矢張り家の中の者だろう。銭形の親分、今度こそは、遠慮せずに引っくくって下さいよ」

又左衛門は気を取り直して、一本腕の不自由さも、毒の苦しさも忘れてこんな事を言います。当てつけられているのは言う迄もなく嫁のお冬、これはまた不思議に丈夫でほんの少しばかりの血の道を起したといった顔色、舅《しゅうと》にいやな事を言われながらも甲斐甲斐しく病人達を介抱しております。

平次はそれを尻目に、小半刻《こはんとき》（三十分）水甕に噛り付いて、調べておりましたが、

「この柄杓《ひしゃく》は新しいようだが、何時《いつ》から使ってますか」

お冬を顧《かえり》みてこう問いかけます。

「昨夜《ゆうべ》、古い方の柄杓がこわれてしまったとか言っておりました。多分一つ買い置きの

新しいのがあったのを、権三郎がおろしたのでございましょう」

「これだッ」

「何ですえ、親分」

とガラッ八。

「仕掛はこの柄杓だ。ちょいと気がつかないが、よく見ると底が二重になって、その間に薬が仕込んであったんだよ」

平次は火箸《ひばし》を持って来て、外側から真新しい柄杓の底をコジ明けると、果してもう一つ底があって、その中に、晒木綿《さらしもめん》で作った、四角な袋が忍ばせてあったのです。

「あッ」

驚き騒ぐ人々の中へ、平次は盆の上に載せた柄杓を持って来ました。

「この通り、種は矢張り外から仕込んだものに違いありません。家の者ならこんな手数なことをせずに、いきなり水甕へ毒をブチ込むところでしょうが、曲者は外にいるから、こんな手数なことをして、そっと柄杓を換《か》えて置いたんでしょう――これは一体誰が買ってきましたえ」

「死んだ三吉でございました」

お冬はそう言って、ホッと胸を撫でおろしました。自分の上に降りかかった、二度目の恐ろしい疑いが、また平次の明察で朝霧《あさぎり》のように吹き払われてしまったのです。

七

「それにしても又五郎はどうしたんだ」

思い出したように又左衛門はそう言いました。火事息子という言葉もある位《くらい》で何か騒ぎのある時駆けつけるのが、勘当された息子の詫《わび》を入れる定石になっている時代のことです。ツイ垣隣に住んでいて、これほどの騒ぎを知らないというのもどうかしております。

「成程、そういえば変ですね」

と平次。

「だから、あっしは言ったんで、どうもあの垣の外が臭いって――」

とガラッ八。

「黙らないか、八、そんな下らない事を言っている暇に、ちょいと覗いてくるがいい」

平次にたしなめられて、尻軽《しりがる》く外へ飛んで出たガラッ八、間もなくつままれたような顔をして帰って来ました。

「可怪《おか》しな事があるものだ、もう昼だっていうのに、まだ雨戸も開いてねえ」

「何、まだ雨戸が開かねえ」

「親分、恐ろしい寝坊な家もあったもんですね」

「そいつは可怪しい。来い、ガラッ八」

平次は弾き上げられたように起ち上がりました。改めてそう言われると、又左衛門もガラッ八も、お冬も背筋をサッと冷たいものが走ったような心持になります。

庭を突っ切って、垣を飛越えると、平次はいきなり雨戸を引っ叩きました。

「今日は、今日は、隣から来ましたがね、――田代屋の旦那が、御用があるそうですよ」

続け様に鳴らしましたが、中は静まり返って物の気配もありません。赤々と雨戸に落ちる陽ざしはもう昼近いでしょう。どんな寝坊でも、雨戸を閉めておかれる時刻ではありません。平次はガラッ八に手伝わせて、到頭《とうとう》雨戸を一枚外してしまいました。

一足中へ踏み込むと、碧血《ち》の海。

「あッ」

又五郎とその女房のお半は、どんなにもがき苦しんだことか、血嘔吐《ちへど》の中に、襤褸《ぼろ》切れのように醜く歪《ゆが》められ、つくねられ、捻りつけられ死んでいたのです。雨戸を開けた間から、春の光がサッと入って、この陰惨な情景を、何の蔽うところもなくマザマザと描き出しました。

「子供は？　留ちゃんは？」

蹤《つ》いて来たお冬は、あまりの怖ろしさに顔を反《そむ》けながらも、女の本能に還って、顔見知りの子供の名を呼んでおります。

「ここだ、ここだ」

ガラッ八は、部屋の隅から、菜ッ葉のようになっている留吉を抱いて来ました。食べた物が少なかったのか、こればかりはまだ寿命《じゅみょう》を燃やし切らず、身体も動かず声も立てませんが、頼りない眼を開いてまぶしそうに四方《あたり》を見廻します。

「留ちゃん、留ちゃん、大丈夫かい、しっかりしておくれよ」

この人の好い叔母に抱かれて、それでも留吉は僅《わず》かに、こっくりこっくりやっております。まだ、驚くほどの気力も、泣くほどの気力も恢復《かいふく》しないのでしょう。

「大丈夫だよ留ちゃん、もう大丈夫だよ、叔母ちゃんがついているから、お泣きでないよ」

お冬はそう言いながら、留吉を抱いて、母家《おもや》の方へ帰って行きます。

その後姿をツクヅク見送った平次。何を考えたか、自分も母家へ取って返して、薄暗い中に蠢《うご》めく人々を一応見廻すと町の人達に後の事を頼んで、追い立てられるようにサッと戸外へ飛出します。

「親分、どこへ」

後ろからガラッ八、これは下駄と草履を片跛《かたちんば》に穿いて追っかけます。

「八、お前は暫くここにいるがいい」

「へエ――」

「俺は少し行ってくるところがある」

「あれは一体、どうした事でしょう親分、あっしには少しも解らねえ」

「正直に言うと俺にも解らないよ」

「へエ――」

「八、恐ろしい事だ。いや、もっともっと恐ろしい事が起りそうで、どうもジッとしちゃいられねえような気がするんだ」

「親分、大丈夫ですかえ」

「――」

「親分」

八

半刻（一時間）ばかりの後、八丁堀組屋敷で、与力笹野新三郎の前に銭形の平次ともあろう者が、すっかり悄気《しょげ》返って坐っておりました。

「旦那様、これは一体どうした事でございましょう。ひと通りの家督争いとか、金が仇の騒動なら、大概底が見える筈ですが、この田代屋の一件ばかりは、まるで私には見当もつきません。旦那のお知恵を拝借してなんとか目鼻だけでもつけとうございます」

「フム、大分変った事件らしいが、平次、お前は本気で見当がつかないというのか」

笹野新三郎は妙に開き直ります。

「へエ――そう仰《おっ》しゃられると、満更考えたことがないではございませんが――、あまり事件が大きくて、私は怖ろしいような気がします」

「それ見ろ、銭形の平次にこれほどの事が解らぬ筈はない。兎も角、思いついただけを言ってみるがよい。お前で解らぬことがあれば、私《わし》の考えたことも話してやろう」

「有難うございます。旦那様、それでは、平次の胸にあることを、何も彼《か》も申上げてしまいましょう」

「――」

「あの、田代屋又左衛門というのは、確か、慶安四（一六五一）年の騒ぎに、丸橋忠弥一味の謀叛《むほん》を訴人して、現米三百俵、銀五十枚の御褒美をお上《かみ》から頂いた親爺でございましたな」

「その通りだ。それほど知っているお前が、何を迷うことがあるのだ」

「へエ――、すると矢張り、田代屋一家内の紛紜《もめごと》ではなくて、由比正雪、丸橋忠弥の残党が、田代屋に昔の怨みを酬《かえ》すためと考えたものでございましょうか」

「まずそう考えるのが筋道だろうな」

「田代屋がひとまず片付けば、次は同じく忠弥を訴人した本郷弓町の弓師藤四郎、続いては、返り忠*して御褒めに預った奥村八郎右衛門を始め、御老中方お屋敷へも仇をするものとみなければなりません」

「その通りだよ平次」

「また浪人どもを狩り集めて、謀反《むほん》を企《くわだ》てる者がないとも申されません――」

「いや、そこまではどうだろう」

「それにしても不思議なのは、あの毒薬でございます。医者の申すには、町の生薬屋などに、ザラに売っている品ではない、多分南蛮筋《なんばんすじ》の秘法の毒薬でもあろうかと――」

「平次、お前はあの事を知らなかったのか」

「と仰しゃいますと」

「田代屋一家の騒ぎは大した事ではないが、私にはその毒薬の出所の方が心配だ」

「――」

「平次これはお上の秘密で、誰にも明かされないことになっているが、心得のために話してやろう。漏《も》らしてはならぬぞ、万々一、人の耳に入ったら最後、江戸中の騒ぎにならずには済むまい」

「へエ――」

笹野新三郎は自分も膝《いざ》行り寄って、平次を小手招ぎしました。

「丸橋忠弥召捕の時、麻布二本榎《にほんえのき》の寺前の貸家に、三百三十樽《たる》の毒薬が隠してあった。これは由比正雪が島原で調合を教わったという南蛮秘法の大毒薬で、一と樽が何万人の命を取るという恐ろしいものであった」

「――」

「玉川に流し込んで、江戸の武家町人を鏖殺《みなごろし》にしないまでも江戸中の大騒ぎを起させる目論見のところ、丸橋忠弥の召捕から一味悉《ことごと》くお処刑《しおき》になって、毒薬はお上の手に召上げられ、越中島に持って行って焼き払われた――これだけの事はお前も聞き知っておるであろうな」

「へエ――、存じております」

「ところが、二本榎の貸家で見つかった毒薬というのは、その実二百三十樽だけで、あと百樽の行方がどうしても判らぬ」

「エッ」

「一味の者は誰も知らず、係りの平見某《なにがし》は口を緘《つぐ》んで殺され、その首領の柴田三郎兵衛は、鈴ガ森で腹を切ってしまった。御老中方を始め、南北の御奉行、下《くだ》って我々までも、ことの外心配したが、百樽の毒の行方はなんとしても判らず、忘るるともなくそれから何年か経ってしまった」

「――」

「もしその百樽《たる》の毒薬が由比、丸橋の残党の手に入り、諸方の井戸や上水に投げ込まれるようなことがあっては、江戸中の難儀はもとより、ひいては天下の騒ぎだ。田代屋一家鏖殺《みなごろし》に使った毒は、町の生薬屋で売るような品でないとすれば、あるいはその百樽の毒薬から取り出したものかも知れぬ」

「――」

「平次、これは大変な事だ、一刻も早く曲者の在所《ありか》を突き留めて百樽の毒薬を取り上げなければならぬ。手不足ならば、何十人、何百人でも手伝わせてやる、どうだ」

笹野新三郎の思い入った顔を、平次は眩《まぶ》しそうに見上げながら、それでも声だけは、凛《りん》としておりました。

「旦那様、暫くこの平次にお任せを願います」

「何？」

「せめて今日一日、この平次の必死の働きを御覧下さいまし。その代り、弓師藤四郎、奥村八郎右衛門はじめ、御老中方お屋敷に人数を配り、万一の場合に備《そな》えて頂きとうございます、その手段は――」

平次は新三郎の耳に口を持っていきました。

九

平次はその足ですぐ田代屋へ取って返しました。奥へ通されて、主人の又左衛門と相対したのはもう夕暮れ。小僧の三吉と、隣に住んでいた又五郎夫婦の死体の始末をして、家の中は上を下への混雑ですが、幸い他の人達は全部元気を取り返して、青い顔をしながらも忙しそうに立ち働いております。

「実はイヤな事をお聞かせしなければなりませんが——いよいよ、毒を盛った人間の目星がつきましたよ」

「へエ、どこの何奴《どいつ》でございます」

腕の痛みにも、毒薬の苦しさにもめげず、相手が判ったと聞くと又左衛門は膝を乗り出します。

「それが厄介で、いよいよこの家から、縄付を出さなきゃアなりません」

「矢張りあの女で——」

「いや考え違いなすっちゃいけません、御新造は何にも知りはしません」

「へエ——」

「風呂場から吹矢を盗んで、外へ捨てて相棒に土の中へ踏み込ませたり、柄杓《ひしゃく》の底へ仕掛をして、外から毒を持ち込んだように見せたり、恐ろしい手の込んだ細工をして、私の眼を誤魔化《ごまか》そうとしましたが、曲者の片割れは、矢張りこの家の中にいるに相違ありません」

「誰です、その野郎は、早く縛って下さい」

「いや、そう手軽にはいきません。田代屋一家を鏖殺《みなごろし》にしようという曲者ですから、一筋縄ではいきません、もう一刻（二時間）経てばこの家にいる曲者と、外にいる仲間と、一ぺんに縛る手筈が出来ております」

「田代屋一家を怨む者というともしや――？」

「気がつきましたか旦那、あれですよ、丸橋忠弥の一味――」

「エッ、家の中の誰がその謀反人《むほんにん》の片割れです、太い奴だ」

「シッ、静かに、人に聴かれちゃ大変――つかぬ事を訊きますが、あの奉公人とも養い娘ともつかぬお秋――、あの女の身許がよく判っていましょうか」

「いや――そんな事はありゃしません。あの娘に限って」

「あの娘の毒に中《あ》てられた苦しみようが、一番ひどかったが、他の人とはどこか調子が違ってはいませんでしたか」

「そう言えば――」

二人の声は次第に小さくなります。

四方《あたり》を籠めて、次第に濃くなる闇の色、その中に何やら蠢《うご》めくのは、隣室から二人の話を立ち聴く人の影でしょう。

「太い女だ、三年この方《かた》目をかけてやった恩も忘れて」

と又左衛門、腹立ち紛れにツイ声が高くなります。

「今騒いじゃ何にもなりません。あの女は雑魚《ざこ》だが、外にいるのが大物です――。それもあと一刻の命でしょう――、今頃は捕方同心の手の者が百人ばかり、もう八丁堀から繰り出した頃――もう袋の中の鼠も同様――」

平次の声は、潜《ひそ》めながら妙に力が籠って、部屋の外まで、かすかながら聴き取れます。

十

間もなく田代屋を抜け出した一人の女――小風呂敷を胸に抱いて後前《あとさき》を見廻しながら水道端の宵暗《よいやみ》を関口の方へ急ぎます。

大日坂《だいにちざか》の下まで来ると、足を停めて、一応四方《あたり》を見廻しましたが、砂利屋が建て捨てた物置小屋の後ろへ廻ると、節穴だらけな羽目板へ拳《こぶし》を当てて、二つ三つ妙な調子に叩きました。

「誰だ?」

　中からは錆《さび》のある男の声。

「兄さん、私」

「お秋か、今頃何しに来た」

「大変よ、手が廻ったらしい」

「シッ」

　中からコトリと桟《さん》を外すと、羽目板と見えたのは潜《くぐ》りの扉で、闇の中へ大きい口がポカリと開きます。

「どうしたんだ、話してみろ」

　伏せていた*龕燈《がんどう》を起すと、円い灯の中に、兄妹二人の顔が赤々と浮き出します。蒼白い妹のお秋の顔に比べて、赤黒い兄の顔は、何という不思議な対照でしょう。

　藍微塵《あいみじん》の意気な袷を着ておりますが、身体も顔も泥だらけ、左の手に龕燈を提げ、右の手には一梃の斧《おの》を持っているのは一体何をしようというのでしょう。年の頃は三十二三、何となく一脈の物凄まじさのある男前。

「兄さん、あと一刻《とき》経たないうちに、ここへ役人が乗込んで来ます。捕方同心一隊百人ばかり、八丁堀を出たという話――」

　お秋の息ははずみ切っております。

「誰がそんな事を言った」

「銭形の平次」

「どこで」

「田代屋の奥で、旦那と話しているのを聴いて、夢中になって飛出して来ました」

「馬鹿ッ」

「――」

「平次がそんな間抜けな事を、人に聴かれるように言う筈はない、お前があわてて飛出す後を跟《つ》けて、俺の巣を突きとめる計略《けいりゃく》だったんだ。何という間抜けだ」

「エッ」

思わず振り向くお秋の後ろへ、ニヤリ笑って突っ立っているのは、果して銭形の平次の顔です。

「あッ」

驚くお秋を突き退《の》けて、

「御用だぞ、神妙にせい」

一歩平次が進むと、早くも五六歩飛退いた曲者、龕燈《がんどう》を高々と振り上げて平次を睨み据えました。

「平次、寄るな、この龕燈の先を見ろ。向うにある真っ黒なのは焔硝樽《えんしょうだる》だ。あの中に投り込めば、俺もお前も、この物置も、木葉微塵《こっぱみじん》に吹き飛ばされた上、百樽の毒薬は、神田上水の大樋《おおどい》の中に流れ込むぞ――」

「――」

寸毫《すんごう》の隙もない相手の気組と、その物凄い顔色、わけても思いもよらぬ言葉に、さすがの平次も驚きました。

「寄るな平次、退かないか、丸橋先生、柴田先生が三百三十樽の毒薬のうち、百樽をここに隠して、神田川上水に流し込む計略だったんだ。年月経って、誰も気がつかずにその儘になっているのを知って上水の大樋《おおどい》まで穴を掘り、毒薬の樽を投り込むばかりになっているんだぞ、サア、どうだ」

平次もさすがに驚きましたが、相手の気組を見ると、全くそれ位のことはやり兼ねないのは判り切っております。

「待て待て、そんな無法な事をして、江戸中の人間に難儀をかけるのは本意ではあるまい。天運とあきらめて、神妙にお縄を頂戴せい」

「何を馬鹿な、俺は死んでも仇は討てるぞ、見ろッ」

右手に閃めく龕燈、そのまま、後ろの焔硝樽《えんしょうだる》へ投げ込もうとするのを平次は得意の投げ銭、掌《て》を宙《ちゅう》に翻《かえ》すと、青銭*が一枚飛んで、曲者の拳をハタと打ちます。

「あッ」

龕燈を取り落すと同時に飛込んだ平次、暫く闇の中に揉み合いましたが、どうやら組伏せて*早縄を打ちます。

物置の外へ出ると、ガラッ八、これはお秋を縛って、漸《ようや》く縄を打ったところ。

「親分、お目出とう」

「お、八か、骨を折らせたなア」

捕まえた曲者は、慶安《けいあん》の変に毒薬係を勤めた平見某の弟同苗兵三郎とその妹お秋、由比正雪、丸橋忠弥その他一党の遺志を継いで老中*松平伊豆守、*阿部豊後守をはじめ、一味の者に辛《つら》かりし人達へ怨を酬《むく》い、太平の夢を貪る江戸の町人達にも、ひと泡《あわ》吹かせようという大変なことを目論んだのでした。

調べたら面白いこともあったでしょうが、人心の動揺を惧《おそ》れて、兄妹二人は人知れず処刑されてしまいました。この時代には、よくそんな事が行われたものです。

平次は老中阿部豊後守のお目通りを許され、身に余る言葉を頂きましたが、相変らず蔭の仕事で、表沙汰の手柄にも功名にもなりません。それもしかし気にするような平次ではありません、時々思い出したように、

「あのお秋って娘は可哀そうだったよ。田代屋の又次郎に惚《ほ》れていて、嫁のお冬が憎くて憎くてたまらないところへ、兄貴の兵三郎につけ込まれたんだ。恋に目の眩《くら》んだ女は、どんな大胆なことでもして退《の》けるよ」

こんな事をガラッ八に言って聴かせました。

名馬罪あり

一

「おっと、待った」

「親分、そいつはいけねえ、先刻――待ったなしで行こうぜ――と言ったのは、親分の方じゃありませんか」

「言ったよ、待ったなしと言ったに相違ないが、そこを切られちゃ、この大石《たいせき》が皆んな死ぬじゃないか。親分子分の間柄だ、そんな*因業《いんごう》なことを言わずに、ちょいとこの石を待ってくれ」

「驚いたなア、どうも。捕物にかけちゃ、江戸開府以来の名人といわれた親分だが、碁《ご》を打たしちゃ、から、だらしがないぜ」

御用聞の銭形の平次は、子分のガラッ八こと八五郎を相手に、秋の陽ざしの淡い縁側、軒の糸瓜《へちま》の、怪奇な影法師《かげぼうし》が揺れる下で、縁台碁《えんだいご》を打っておりました。

四世本因坊《ほんいんぼう》の名人道策《どうさく》が、日本の囲碁《いご》を黄金時代に導き、町方にも専《もっぱ》ら碁が行われた頃、丁度今日の麻雀《マージャン》などのように一時は流行を極《きわ》めた時分です。

もっとも、平次とガラッ八の碁はほんの真似事で、碁盤《ごばん》といっても菓子折の底へ足を付けたほどのもの、それにカキ餅のような心細い石ですから、一石を下す毎《ごと》に、ポコリポコリと、間の抜けた音がするという代物《しろもの》、気のいい女房のお静も、小半日この音を聞かされて、縫物《ぬいもの》をしながら、すっかり気を腐《くさ》らしております。

「だらしがないは口が過ぎるぞ、ガラッ八奴《め》、手前《てめえ》などは、だらしのあるのは碁だけだろう」

平次も少しムッとしました。

「それじゃ、この石を待ってやる代り、何か賭《か》けましょう」

「馬鹿ッ、汚《きたな》い事を言うな、俺は賭事は大嫌いだ」

「金でなきゃアいいでしょう、竹篦《*しっぺい》とか、餅菓子とか――」

「よしッ、それ程言うなら、この一番に負けたら、今日一日、お前が親分で俺が子分だ。どんな事を言い付けられても、文句を言わないという事にしたらどうだ」

「そいつは面白いや、あっしが負けたら、打つなり蹴飛《けと》ばすなり、どうともしておくんなさい。どうせ親分なんかに負けっこがないんだから」

「言ったね、さア来い」

二人はまた、怪しげな碁器《ごき》の中の石をガチャガチャいわせて、果し合い眼で対しました。

「まア、お前さん、そんな約束をなすって」

お静は見兼ねて声を掛けましたが、

「放っておけ、この野郎、一度うんと取っ締めなきゃア癖になる」

平次は一向聞き入れそうもありません。江戸一番の御用聞が、*笊碁《ざるご》で半日潰《つぶ》すのですから、まことに天下は泰平といったものかもわかりません。

「さア、親分どうです、中が死んで、隅《すみ》が死んで、目のあるのは幾つもありませんぜ。――今更*征《しちょう》の当りなんか打ったって追っつくもんですか」

「フーム」

「降参《こうさん》なら投げた方が立派ですぜ。この上もがくと、頸《くび》を縊《くく》って身投げをするようなもので」

「勝手にしろ、――褌《ふんどし》を嫌いな男碁は強し――てな、*川柳点《せんりゅうてん》にある通り、碁の強いのは*半間な野郎に限ったものさ」

平次はそう言って、ひと握りの黒《くろ》石を、ガチャリと盤《ばん》の上へ叩き付けました。御用聞には惜《お》しい人柄、碁さえ打たなきゃア、全くたいした男前です。

「ヘッヘッ、なんとでも仰《おっ》しゃいだ、――今日一日あっしが親分で」

「馬鹿野郎」

「親分に向って馬鹿野郎はないでしょう」

八五郎はそう言いながらも、長い顎《あご》を撫で廻しました。*唐桟《とうざん》を狭く着て、*水髪の刷毛《はけ》先を左に曲げた、人並の風俗はしておりますが、長い鼻、団栗眼《どんぐりまなこ》、間伸びのした台詞《せりふ》、なんとなく犢鼻褌《ふんどし》が嫌いといった人柄に見えるから不思議です。

丁度その時でした。

「御免下さいまし、平次親分のお宅はこちらでいらっしゃいますか」

切り口上ですが、鈴を鳴らすような美しい声、女房のお静はそれに応じて取次に出た様子です。

「武家の娘だ、が――すっかり顛倒《てんどう》しているらしいぜ。八親分、こりゃとんだ大きな仕事かも知れないよ」

そんな事を言って面白そうにガラッ八を顧《かえり》みました銭形の平次も、なかなか人の悪いところがあります。

二

お静に案内されて通ったのは、十八九の武家風の娘。その頃の人ですから、すっかり訓練されて立居振舞に少しの破綻《はたん》もありませんが、平次が声を聞いて判断したように、どんな目に逢って来たものかすっかり怯《おび》えて、挨拶を済ませると胸を抱いたまま暫くは口もきけないほど昂奮《こうふん》しております。

「お嬢様、どうなさいました、大層驚いていらっしゃるようですが――」

平次は敷物をすすめて、いたわるようにこう言いました。お静の若い美しい女房振りや、平次の穏かな調子は、どんなに相手を慰《なぐさ》めたことでしょう。娘は少し落着くと、ほぐれるように、その驚きを話します。

「父上――相沢半之丞と申しますが、大事な書面を紛失《ふんしつ》してお腹を召そうとなさいます。一応は止めましたが、書面が出て来ない以上は、のめのめと生きてはおられぬと申します。平次様、お願いでございます、お助け下さいませ」

「相沢半之丞様と仰《おっ》しゃると？」

「大場石見《いわみ》様の用人、牛込見付*外に住んでおります」

「フーム」

大場石見というのは、八千石を食《は》んで、旗本中でも家柄、その用人といえば、*陪臣《またもの》ながら相当の身分です。

「いつぞや助けて頂いた、小永井浪江様は私の幼友達でございます。外に頼るところもない身の上、どうぞ力になって下さいまし」

娘はそう言って、後ろに慎《つつ》ましく控《ひか》えたお静の方を、訴えるように見やるのでした。

「御武家方の紛紜《いざこざ》に立ち入るのは筋違いですが、兎も角一応承《うけたまわ》りましょう」

平次がこう乗り出してくれるともう千人力です。娘はホッとした様子で、語り進めました。

牛込見付外の大場石見というのは*安祥《あんしょう》旗本の押しも押されもせぬ家柄ですが、*房州の所領に、*苛斂誅求《かれんちゅうきゅう》の訴えがあったために、若年寄から*東照宮の御墨附《おすみつき》——大場家の家宝ともいうべき品——を召上げられ、長い間留め置かれましたが、領地の騒ぎも納まったので、ひとまず下げ渡されることになったのはツイ昨日の事。大場石見早速罷《まか》り出て受取るべき筈のところ、所労のため果し兼ねて、越えて今日、用人相沢半之丞を代理として差出し、御墨附を文箱《ふばこ》に納めて持ち帰らせましたが、間違いはその途中、牛込見付外の屋敷へ入ろうという一歩手前に待ち伏せしていたのでした。

相沢半之丞は典型的な用人ですが、剣槍両道にも秀《ひい》でた立派な武士。この日主人の代理として、*御評定所から御墨附を受取って来るについて、まさかテクテク歩くわけにもいかず、そうかといって、陪臣《またもの》が駕籠に乗るわけにもいきません。

この人の唯一の弱身は、生れ付き馬が嫌いで、もっとも身分柄乗らずに済んだせいもあるでしょう、今まではまずそのために困った経験もなかったのですが、和田倉門外の御評定所へ行って大事の品を受取って来るとなると、馬で行くのが一番ピタリとします。

幸《さいわ》い、主人、大場石見は大の馬好き、近頃手に入れた『東雲《しののめ》』という名馬、南部産八《*や》寸《き》に余る逸物《いちもつ》に、厩中間《*うまやちゆうげん》の黒助という、若い威勢の好い男をつけて貸してくれました。相沢半之丞、嫌とも言えず、それに乗って出かけたのが間違いの基《もと》だったのです。

往きはまず無事、御評定所で御墨附を受取り、一応懐紙を銜《ふく》んで改めた上、持参の文箱に移して御評定所を退き、東雲《しののめ》に跨《またが》って、文箱を捧げ加減に、片手手綱《たづな》でやって来たのは牛込見付です。

見付に出て、神楽坂《かぐらざか》を上ると、あとはひと息ですから、ここまで来ると、相沢半之丞思わずホッとしました。なんとなく気が緩《ゆる》んだのです。

三

「旦那様、悪いものが参りました」

馬丁《*べつとう》の黒助は、前へ駈け抜けて、半之丞の乗った栗毛の轡《くつわ》を取りました。

「何だ」

半之丞は御墨附を入れた大事の文箱を、鞍《くら》の前輪に添えて確《しか》と押えたまま、黒助の指さす方を見やります。

成程市ガ谷の方から少しダラダラになった道を来るのは、引越しのガラクタとも見える高荷を積んだ大八車。戸棚を二つも重ねて——いかに電話線のない時代でも、その上へ三間梯子《ばしご》を積んだのですから、恰好が浅ましいばかりでなく、車の動くにつれて、グワラグワラと恐ろしい音を立てます。

「旦那様、体裁《ていさい》は悪うございますが、暫く我慢なすって下さい、この馬は疳《かん》が強うございますから」

黒助はそう言いながら、法被《はっぴ》を脱いで、馬の首に冠《かぶ》せ、その下から手を入れて、

「ドウドウドウ」

と鼻面から鬣《たてがみ》をさすっております。

が、そんな事で宥《なだ》められる『東雲《しののめ》』でなかったのか、それともすれ違いさま、梯子の先が馬の尻に触ったのか、馬はパッと棹立《さおだ》ちになると、馬丁《べっとう》の法被《はっぴ》をかなぐり捨てて、奔流《ほんりゅう》の如く元の道へ。

「ワーッ、ワーッ」

という人声、真昼の往来は断ち割ったように二つに裂《さ》けて右往左往に逃げ惑《まど》う中を、僅《わずか》に鞍《くら》に獅噛み付いた半之丞、必死の手綱を絞りますが何の甲斐もありません。

「旦那様、お濠だッ、危ないッ、降りて下さいッ」

まだ轡《くつわ》を放さなかった馬丁《べっとう》の黒助は、張り切った馬の首の下から必死の声を絞ります。

ヒョイと見ると、成程奔馬《ほんま》はもうお濠の崖へ乗出そうとしているではありませんか。

「あッ」

半之丞は本当に必死の思いで飛降りました。イヤ、転げ落ちたといった方がよかったでしょう。大地に抛《ほう》り出されて、起き上がらぬうちに、狂いに狂った馬は、二三十尺（六〜九メートル）もあろうと思う崖の下へ、一塊《かい》の土の如く落ちて、水音高く沈んでしまったのです。

「旦那様、お怪我は？」

「おお黒助、文箱《ふばこ》を探してくれ」

「ここにございます、旦那様」

「有難い、それさえあれば」

落散る文箱を取って差出すと、半之丞押し戴いて立ち上がりました。埃と泥とに、見る影もなく塗《まみ》れておりますが、馬は下手でも、体術の心得が確かなので、幸い大した怪我もなかった様子です。

しかしこの醜体《しゅうたい》を何時《いつ》までも往来の人に見せるわけにはいきません。半之丞は濠に落ちた馬の始末を黒助に任せて、自分は御墨附の入った文箱を後生大事に、そこからはもう眼と鼻の間の屋敷へ帰って来ました。

屋敷といったところで、主君大場石見のお長屋、落馬をした埃《ほこり》だらけの体で、主君石見の前へ出ることもありません。一応自分の長屋に帰って衣服を改め、髪を撫で付け、さて出かけようとして次の間の机の上に置いた文箱を取り上げて驚きました。

「あッ、これは？」

箱は違っているのです。紐《ひも》の色、高蒔絵《たかまきえ》、いくらか似てはおりますが、よくよく見ると、まるっきり違った品で、金蒔絵《きんまきえ》で散らした紋も、鷹の羽が何時《いつ》の間にやら抱茗荷《だきみようが》になって、厳重にした筈の封印もありません。

顫《ふる》う手先に紐を払って、蓋を開けると、中は空っぽ――。

暫くは夢見る心地、何の考えも出て来ませんが、やがて牛込見付の落馬騒ぎから、自分の長屋まで辿《たど》り付いた光景、着換《きがえ》のために、暫く文箱を隣室に置きっ放しにしたことなどがはっきり思い出されます。

四

「こういう訳でございます。御墨附《おすみつき》が出なければ、そうでなくてさえ公儀に睨まれている大場家は明日ともいわず御取潰しになりましょう。御先祖大場甚内様、大坂夏冬の陣に抜群の御手柄を現《あら》わし東照宮様の御墨附を頂いたばかりに、この度御所領の騒動にも、格別の御沙汰もなく、御目こぼしになりました。――それにも拘《かかわ》らず、大事の御墨附を失っては、御使者に立った父相沢半之丞も生きてはいられません」

半之丞の娘お秀、涙ながらにこう語り進みました。

「――」

八千石の大旗本が、*潰《つぶ》れるか立つか、人の命幾つにも関《かか》わる事だけに、平次もお静も、八五郎も息も吐かずに神妙に聴入りました。

「父上は、主君への申訳、腹を切ろうとなさいましたが、腹掻《はらか》き切って出てくるという品ではございません。――主君に申上げて、御驚きの中にも、三日だけ猶予《ゆうよ》を頂きました。せめて三日、死ぬべき命を永らえ、恥じを忍んで御墨附の行方を探そうという覚悟を定めたのでございます」

「――」

「と申しても、どこに隠されたやら、誰が摺《す》り換えたやら、掻暮《かいく》れ見当も付きません。平次様、お助け下さいまし、外に頼るところもない親子、主従の難儀でございます」

お秀はそう言ってしまって、畳に手を突きました。血のような涙が、ポロポロと落ちて、その桃色珊瑚《さんご》を並べたような指を濡らします。

「お嬢様、お手をお上げなさいまし。御武家の内輪事へ、町方の御用聞や手先が口を出すべき筋ではございませんが、お話を承《うけたまわ》れば如何《いか》にもお気の毒でございます、思い切ってお引受け申しましょう」

きっと挙げた平次の秀麗な面《おもて》。

「え、それでは引受けて下さる、――なんと御礼を申して宜《よろ》しいやら」

お秀はもう涙です。

「あ、お嬢様、今からお礼は早過ぎます。ついては、これだけの事をお含《ふく》み下さいませんか、私は町方の岡っ引ですから、どんな事があっても、御屋敷内の方を縛りはしませんが、三日の間出入りを自由にさして頂いた上、上は大場石見様から、下は馬丁《べっとう》、下女に至るまで、私の都合で、何時《いつ》でも物を訊けるということに――」

「それはもう」

「それからもう一つ、この野郎は八五郎と申しまして、私には可愛くてならない子分ですが、御覧の通り人間は少し甘く出来ております」

「親分」

ガラッ八は横から口を出しました。人間が甘いといわれたのが不服だったのでしょう。

「黙っていろ、――ところでお嬢様、今日一日この八五郎が親分で、あっしが子分になるという賭《かけ》をいたしました。私の代りに、この男を差上げますから、私だと思って、いろいろ御相談なすって下さいまし、――大丈夫でございますとも、人間は甘くても、なかなか良い鼻を持っておりますから、どうかしたら、御墨附を嗅ぎ出すかもわかりません。最初から私が乗出して、曲者に用心させるより、八の野郎を看板《かんばん》にして蔭で操《あやつ》った方が、反《かえ》って仕事が運びます」

まり賢《かしこ》そうな人相ではありません。

「――」

お秀は不安心そうにガラッ八を見やりました。鼻は良いかも知れませんが、どうもあ

五

即刻《そっこく》八五郎は牛込見付外の大場屋敷へ乗込みました。

八千石の旗本の用人といえば、小大名の家老にも匹敵《ひってき》するでしょう。相沢半之丞の権力はたいしたもの、その住居も、お長屋という名に相応《ふさ》わしからぬ堂々たるものです。

「父上様、平次の子分の八五郎という方を伴れて参りました」

「左様か、私は相沢半之丞じゃ、宜しく頼みますぞ」

四十恰好のデップリした武士、人品骨柄には申分ありませんが、恐ろしい心配に打ちひしがれて、さすがに顔色が鉛《なまり》のように沈んでおります。

「へエ――」

八五郎のつぶらな眼と長い顎《あご》が、すっかり半之丞を落胆させましたが、折角来たものを追い返すわけには参りません。

「どのようにしても構わぬ、三日の間に御墨附を捜《さが》し出して貰いたい」

「へエ――」

八五郎は定石通り事件を遡上《さかのぼ》って考えました。平次がこんな大事な舞台へ、代理として立たせてくれたのは、石原の利助や三輪の万七といった、意地の悪い岡っ引のいないところで、存分に腕を伸させるためでしょう。

「何なりと聞くがいい」

と半之丞。

「それでは伺いますが、見付で落馬なすった時は、文箱はどうなりました」

「持っていた――が、＊生得《しょうとく》馬が嫌いで、落馬も生れて始めてだから、大地に膝をついた時、思わず取り落した」

「拾い上げた時変ってはいませんでしたか」

「いや、変る道理がない。眼の前で黒助が拾って、土埃《つちほこり》を払って渡してくれたのだ」

「そこから歩いていらっしゃるうちに、摺り換えられるような事はございませんか」

「そんな事はありよう筈はないではないか」

「お帰りになって、暫く隣の御部屋の机の上にお置きになったそうじゃございませんか」

「着換のうち、暫く目を離したが、そこには召使の者が見張っていた」

「その方に逢わして頂けませんか」

「いいとも、これ、お組を呼んで来るがいい」

「ハイ」

お秀が立って行くと、入れ換《かわ》って二十一二の、召使とは見えぬ美しい女が入って来ました。

「お召でございましたか」

「この人が訊《き》きたいことがあるそうだ、何でも真っ直ぐにお答えするのだぞ」

「ハイ」

静かに一礼して上げた顔は、その辺の商売人にも滅多にない容色《きりよう》で、髪形、銘仙の小袖、なんとなく唯の奉公人ではありません。

「この方は、御女中でございますか、旦那」

「フム、まず女中だ」

「まず女中とは?」

「家内に先年死に別れて、何彼と身の廻りの世話をさせている」

そういえば立派なお妾《めかけ》です。八五郎は日本一のもっともらしい顔をして、この女を見据えました。

「生れは?」

「房州*の知行所の者だ」

と半之丞が引取りました。

「何時頃《いつ》御奉公に上がりました」

「もう三年位になるかな、お組」

「ハイ」

「旦那、一々そう旦那が仰《おっ》しゃっちゃ何にもなりません。この御女中の口占《くちうら》*から、いろいろの事を見付け出すのが、私の方の術《て》で」

「左様かな」

ガラッ八の半間な調子と、それを精一杯もっともらしくする言葉に、相沢半之丞も少しうんざりしております。

「ところで御女中、文箱はお前さんの目の前で摺《す》り換《か》えられた筈だ、この辺で何もかも申上げたらどうだ」

とガラッ八、思いの外突っ込んだ事を言います。

「えッ、そんな、そんな事はございません」

お組の顔はサッと血の気を失いました。

「落馬した時に変らず、道中で変らなければ、旦那が一寸眼を離した時、――お嬢様が御手伝いをして着換をしている時、隣の部屋でお前さんが摺り変えるより外に変りようがないではないか。大事な時だ、よく考えて物を言った方がいいよ」

「──」

半之丞父娘《おやこ》も、そんな事を疑わないではありませんが、お組の愛に溺《おぼ》れた相沢半之丞、さすがにそうと断定も出来ず、それをまた歯痒《はがゆ》いことに思って娘のお秀が、平次へ頼みこんだのでしょう。遠慮のないガラッ八にこう言われると、敷居際に聞いているお秀は、思わず唇を噛み、半之丞は今更ながら、取返しの付かない成行に、娘の視線を避けて首うな垂れました。

六

「どうだい、八親分」

「お願いだから、その『親分』だけは止《よ》しておくんなさい。殺生だよ、全く『ガラッ八』と言われた方が、まだしも清々するくらいのもので──」

帰って来た八五郎を迎えて、平次はこんな調子で話しかけました。

「それじゃ、ガラッ八親分」

「なお悪いや、──もう碁《ご》の相手は御免だ」

「気の弱いことを言うなよ、ところで首尾はどうだい」

「上々さ、自慢じゃねえが、あっしが乗込むと、一ぺんにカラクリが解ってしまいましたよ、親分」

「大層鼻がいいね、曲者《ほし》は見当だけでも付いたのかえ」

「見当は心細いな、動きのとれないところを押えて、白状させるばかりに運んで来ましたぜ」

「ヘエ――、少し可怪《おか》しいぜ、八」

「こういうわけでさ、相沢半之丞は三年前に配偶《つれあい》に死なれて、それから知行所から呼んだ下女のお組というのを妾にしていた。――これは大変な美い女だが、お嬢さんと折合が悪いので、近いうちに縁を切って、田舎へ帰すことになっていますぜ」

「成程」

「文箱を一寸の間見張っていたのは、間違いもなく、その女だから、誰が考えたって曲者はお組に極《きま》っているようなものでさ。手落も罪もなくて暇《ひま》になる腹いせに、ちょいとそんな悪戯《わるさ》をしたが、相手が父親の妾だけに、判りきっていても、お秀さんとかいうお嬢さんの口からは騒ぎ出せない。わざわざ平次親分を引張り出して判り切った曲者《ほし》を挙げさせようとしたのは、そんなわけですよ」

八五郎は少ししたり顔でした。成程、それだけの話なら、平次を引張り出す迄もなく、ガラッ八でも事は済みます。

「ところで、そのお墨附《すみつき》というのが見つかったのかい」

と平次。

「それが判らないから不思議だ、お墨附が見つかるどころか、どんなに責めても、お組というお妾は知らぬ存ぜぬの一点張だ。ね親分、女というものは、思ったより剛情なものじゃありませんか。顔を見ると、そんな大それた事をしそうもないが」

「もう一つ訊くが、文箱は念入りに検《しら》べたろうな」

「見ましたとも」

「塗《ぬり》か紐《ひも》に汚れはなかったかい、土か砂の付いた跡が――」

「そんなものはありゃしません、舐《な》めた様に綺麗でしたよ」

「フーム」

「落馬した時持っていた箱なら、往来へ取落したというから少し位拭いたって、泥か埃が付いている筈でしょう。――だから家へ持って帰ってから摺り換えられたに間違いありません」

ガラッ八も見様見真似でなかなか穿《うが》ったことを言います。

「八」

「ヘエ」

「これは、思ったより底のある企《たくら》みらしいぜ、もう少し様子を見るとしよう」

平次は考え深そうに腕を拱《こまぬ》きました。

「底にも蓋《ふた》にも、これっきりの話じゃありませんか」

「いや、そうじゃない。お前は駄目ばかり詰めて、肝腎《かんじん》の筋へは石を打たなかったんだ」

「へエ、譬《たとえ》が碁と来たね」

「俺はこれから、ちょいと行って見てくる。用事があったら牛込見付の辺へ来てみるがいい」

もう夕暮に近い街へ、平次は大急ぎに飛出しました。

それから一刻（二時間）ばかり、秋の日はすっかり暮れて、ガラッ八が所在もなく鼻毛を抜いていると、牛込の大場石見《いわみ》邸から、

「即刻、平次親分に来てくれるように」

という丁寧な口上で使の者が来ました。

「弱ったなア、親分はどこへ行ったか解りませんが、その辺まで行ってみましょう。牛込見付のあたりにいるかもわかりませんから」

ガラッ八はそう言いながら使いの者と一緒に、神田から九段下に出て牛込見付へやって来ました。

八日月の薄明り、幸い人の影は五間十間離れても見当くらい付きます。

「親分」

ガラッ八は月の光にすかして声を掛けると、濠端の柳の幹《みき》から離れた影が、

「八か、何だ用事は」

紛《まぎ》れもなく平次の声です。

「大場様から、すぐ来るようにって、御使の方が見えましたぜ」

「そうだろう」

「あれ、待っていたんですかい」

「まア、ね」

平次はそう言って、何やら手に持った物を懐に入れながら近づきました。

七

通されたのは、相沢半之丞の長屋ではなく、本家の大場石見の奥座敷、といっても、庭木戸から廻って、縁側にかしこまった平次とガラッ八は、四方《あたり》の様子の物々しさに、思わずギョッとしました。

庭先に番手《ばんて》桶《おけ》、荒筵《あらむしろ》を敷いて、その上の枝ぶりの良い松に吊《つ》り上げたのは、半裸体の美女。言うまでもなく用人相沢半之丞の妾お組というのが、雁字《がんじ》がらめにされて、水をブッかけられたり、弓の折れで打たれたり、芝居の責《せめ》をその儘《まま》の拷問《ごうもん》にかけられている

のです。

「平次か」

縁側に立ったのは、大場石見《いわみ》、八千石の当主でしょう。五十を少し越した筋張った神経質な武家、一刀を提《さ》げて、松が枝《え》のお組と、縁先の平次を当分に見比べた姿は、苛斂《かれん》誅求《ちゆうきゆう》で、長い間房州の知行所の百姓を泣かせた痼癖《かんぺき》は十分に窺《うかが》われます。

「へエ」

「用人相沢半之丞から何もかも聞いた。この女を申受けて、あらゆる責めようをしてみたが、剛情我慢でなんとしても言わぬ。命を絶つのは易いが、それでは御墨附の行方も永久に解るまいというので、取りあえず其方《そのほう》を呼びにやったのだ。商売商売で、かような女に口を開かせる術《て》もあろう、なんとか致してくれ」

「――」

「大場家の大事だ。首尾よく御墨附の在所《ありか》が判れば、礼は存分に取らせる」

「――」

なんという嫌な言い草でしょう。平次は疳《かん》の虫がムカムカと首をもたげましたが、八千石の大身の興廃に拘ることと、胸をさすって唇を噛みました。

「どうじゃな、平次」

「拷問《ごうもん》や牢問《＊ろうと》いは、牢番与力配下の不浄《ふじよう》役人の仕事で、手前ども手先御用聞の役目ではございません、恐れながらその儀は御容赦を願います」

平次は屹《きっ》と言い切りました。沓脱《くつぬぎ》の上にこそ膝を突きましたが、挙げた面魂《つらだましい》は、寸毫《すんごう》も引きそうになかったのです。

「フーム、そうか、なかなか立派な口をきくのう。が、大場の家の浮沈に関《かかわ》ることじゃ、捨ておくわけには参らぬ。半之丞、打って打って打ち据えいッ、黒助は水を掛けるのだ」

「ハッ」

馬丁《べっとう》の黒助は立ち上がって、番手桶の水をザブリと掛けました。初秋の肌寒い風が、半裸の美女を吹いて、そのまま燻蒸《くんじょう》する湯気も匂いそうです。

「半之丞、打てッ」

「ハッ」

相沢半之丞、弓の折れを取って立ち上がると、三年越寵愛《ちょうあい》した自分の妾の肉塊《ししむら》を、ピシリ、ピシリと叩きます。

「あッ」

キリキリと空に廻るお組の身体は、一塊の綿を束《つか》ねたように、絶え入るばかりもがき苦しみます。

「まだ言わぬか、女」

堪え兼ねて大場石見、一刀を提げたまま庭に降り立ちました。

「殿様、お怨《うらみ》を申します」

「何？」

不意に、縛られた女の声を聞くと、大場石見は愕然《がくぜん》として振り仰ぎました。

「永い間の非道ななされ方の酬《むく》いとは思いませんか。年々の不作も構わず、無法な御用金を仰せ付けた上、厭が上の徴税《とりたて》に、知行所の百姓は食うや食わずに暮しております」

「何、何を言う」

「親は子を売り、夫は女房に別れて、泣かない日とてはない何千人の怨み、公儀の御とがめは免《まぬが》れても、御墨附が紛失した上は、軽くて改易《＊かいえき》、重ければ腹でも切らなければなりますまい、おおいい気味」

縛られた美女、月光に人魚のように光るのが、カラカラと血潮に酔ったような笑い声を立てるのでした。

「お前は何だ」

「房州の百姓の娘、殿様に近付いて怨《うらみ》が報《むく》いたいばかりに、相沢様に取り入って、心にもない機嫌気褄《きづま》を取りました。相沢様は用人としてするだけの事は、それも内輪にしただけ、罪は十が十まで殿様の我儘と贅沢にあることが解りました。御墨附は私が死ねば、どこにあるか知ってる者もない筈、せめて腹でも切って、多勢の百姓の怨を思い知るがいい、ホ、ホ、ホ、ホ、ホ」

高鳴る嘲笑《ちょうしょう》。

「お組、それは考え違いだぞ。殿様にはよく申上げて、くれぐれも上納を軽くして頂く、御墨附の在所《ありか》を言えッ」

と相沢半之丞、思わず立ち上がって、松が枝に吊《つる》した縄に取りすがりました。

「誰が言うものか、見るがいい、この邸にペンペン草を生やしてやるから」

「お組ッ」

黒助と石見が一団になって馳け付けましたが、縛られたまま舌でも切ったものか、吊られた縄がキリキリと廻ると、お組の蒼白い唇からはクワッと血潮が流れます。

八

「平次、なんとかならぬものか。お組が死んでしまっては、開かせる口もないが、御墨附がなくては大場の御家は断絶だ」

「――――」

「約束の三日目は過ぎて、今日はもう七日目ではないか。なんとかして捜《さが》し出す工夫はないものだろうか。まさかお組は、焼きも捨てもした筈はない。八五郎とかいうのが気が付くと、直ぐ取って押えて、間もなく主君へ申上げたのだから、御墨附を始末する暇《ひま》はなかった筈だ」

相沢半之丞、折入って平次に頼み込みました。お組が死んで七日目、これ以上愚図愚図して、公儀の耳にでも入っては、全くどうすることも出来なかったのでしょう。

「御胸の中は御察し申しております」

「それではなんとかしてくれぬか。拙者も腹を切るにも切られぬ羽目だ」

半之丞は思わず吐息《といき》を吐《つ》きました。主君大場石見《いわみ》の暴圧を永年の間どれだけ緩和して来たことか、この人には、お組が言ったように、決して悪意のないことを平次も知り悉《つく》していたのです。

「旦那、私にはよく解っております」

「何が」

「御墨附は焼きも捨てもしませんが、この儘では決して出っこはありません」

「どうすればいいのだ」

「お人払いを願います」

平次の物々しい様子に、半之丞は立って縁側と隣の部屋を覗きました。

「誰も聞いてはおらぬ」

「御墨附を手に入れるには、大場石見様が隠居を遊ばして、御家督を先代様の御嫡男《ごちやくなん》、今は別居していらっしゃる、大場采女《うねめ》様にお譲りになる外はございません」

「えッ」

平次は大変な事を言い出しました。

「長い間の無法な御政治で、御領地の百姓が命を捨ててお怨《うら》みしようと思っております。このままにしておいては、百人千人のお組が出て来ることは、解り切ったことでございましょう」

「フーム」

「御当主石見様は、先代の御遺言《ゆいごん》通りに遊ばせば、三年も前に二十歳《はたち》になられた甥《おい》の采女様に御家督《かとく》を譲《ゆず》らなければなりません。私は七日がかりでこれだけの事を調べて参りました」

「――」

「この儘に時が経てば、御城の目安箱*から、大場家御墨附紛失の届が出て来ましょう。一と月とたたないうちに、御家は御取潰しになります」

「――」

「殿様――石見様は一日も早く御隠居遊ばして、本当の御跡取、采女様を家督に直すよう、呉々《くれぐれ》も御すすめ申上げます。それさえ運べば、憚《はばか》りながら、御墨附はその日のうちに私が捜して参ります」

平次の言葉には、妥協《だきよう》も駈引もありませんでした。大場家を潰《つぶ》すか、石見が隠居をするか、この二つより外には道がありそうもなかったのです。

「旦那様、大事な場合でございます。後見人から御当主に直られた石見様の悪業のために、大場の御家を潰してはなりません」

「――――」

重ねて言う平次の言葉に、相沢半之丞も漸《ようや》くうなずいた様子です。

九

事件は一挙に片附いてしまいました。翌る日親類が寄合い、相沢半之丞と平次が説明役になって、家のため、諸人のため、評判の悪い大場石見は隠居する事に決り、すぐ様公儀に届済《とどけず》みになって、本当の嫡男《ちやくなん》、先代の子采女《うねめ》が入って家督相続をしました。がまだ御墨附が出て来ません。

采女が登城して、首尾よく御目見得を済ませた晩、大場家の奥には、采女と相沢半之丞と平次が首を鳩《あつ》めておりました。

「平次、もう御墨附を捜してもらえるだろうな、それを機《しお》に拙者も身を退きたい」

自分の粗忽からこの騒動を惹起《ひきおこ》したと思い込んでいる半之丞は、心の底からそう言うのでした。

「私も今晩あたりは、御墨附をお返し申上げられるかと思います。恐れ入りますが、馬丁《べっとう》の黒助を御呼び下さいますように」

妙な注文ですが、半之丞はすぐ人をやって、黒助を庭先へ呼び寄せました。

「黒助に何か用事か」

若い采女《うねめ》は、平次の物々しさが、すっかり気に入ったようです。

「兄哥《あにい》、お前の望みは遂げた筈だ。大場の御家を取潰す迄もあるまい。この辺で御墨附を出したらどうだ」

ズイと出た平次、縁側の下に蹲《うずく》まる黒助を見下ろしてこう言うのでした。

「えッ、そりゃ親分」

黒助はギョッとして顔を上げました。二十四五のよい若い者、黒助という名とは似も付かぬ色白で、身のこなしも何となく尋常ではありません。

「よく知っているよ、なア、黒助兄哥、お前さんの父《とっ》さんは御用金*が嵩《かさ》んだ上、上納*が滞《とどこお》って水牢で死んだ筈だ。兄妹二人、この怨みを晴らしたさに、お前さんは馬丁にな
って、厳重な大場様の屋敷に入り込み、妹のお組は下女になって、用人の相沢様に奉公したが、容貌《きりょう》のよいのが幸か不幸か、到頭《とうとう》側近くお世話することになった。これだけの事を知りたさに俺は房州まで行って来たよ」

「――」

黒助はガックリ首を垂れました。平次の言う事が図星をピタリと言い当てたのでしょう。

「相沢様が御墨附を受取に行った時、千載《せんざい》一遇《ぐう》の思いだったろう。お前は前の晩用意しろと言い付けられると、早速青竹を切って来て水鉄砲を拵《こさ》えた、これだよ」

平次はそう言って袖の中から七八寸（二十一〜二十四センチ）の青竹、節のところに小さい穴をあけて綿を巻いた棹《さお》を突込んだ、一番原始的な水鉄砲を出して見せました。

「――」

黒助は素《もと》より、采女も半之丞も、あまりの事に言葉もなく互いに顔を見合せるばかりです。

「馬は耳へ水を入れられると死ぬ、お前は折《おり》を狙って『東雲《しののめ》』の耳に水を入れ、馬のお上手でない相沢様を落馬させて、御墨附の文箱を摺り換えるつもりだったろう。――うまい折がなくて、牛込見付まで来ると、丁度引越車が通りかかった。お前は法被《はっぴ》を馬に被《かぶ》せて、その下で水鉄砲の水を耳に注ぎ込み、思惑《おもわく》通り気違いのようになった馬から、相沢様が落ちるところを狙《ねら》って、予《かね》て用意した文箱を摺り換えたろう。俺には目に見えるように解る」

「――」

「子分の八五郎を相沢様の御長屋へやって、俺は馬の荒れた場所へ行ってみた。見当を付けた土手《どて》の下に、この水鉄砲を見つけるのはなんでもないことだったよ」

「——」

「妹のお組は、兄の仕業《しわざ》と覚《さと》って、文箱の泥を丁寧に拭き取り、罪を自分一身に引受けて死んだのは見上げた心がけだ。気が付けば殺すんじゃなかったが、縛られたまま舌を噛まれたので、手の付けようがなかった」

なんという明智でしょう。こう説き明かされてみると、もう寸毫《すんごう》の疑いも残りません。

「俺はこの手で妹へ水をブッ掛けさせられた。畜生、殺しても飽足《あきた》らないのはあの石見《いわみ》だ」

黒助はキリキリと歯を噛み締めて、いつぞや、妹が吊られた松が枝を、一月遅れの月の光に見上げました。

「黒助兄哥《あにい》、怨みのある石見様は隠居した上、御親類中から爪弾《つまはじ》きされて、行方不明になってしまった。敵《かたき》は討ったも同じことだろう。この後は采女《うねめ》様が乗出して、御政治向もよくなる——、お前の故郷では盆と正月が一緒に来たような騒ぎだ。妹のお組の骨を持って、早く帰るがいい」

「平次、御墨附は」

と相沢半之丞。

「ヘエ、これがその御墨附でございます」

次の間の縁側から、ガラッ八の八五郎が、黒塗金蒔絵《くろぬりきんまきえ》の立派な文箱、高々と結んだ紐まで以前のままのを捧げて、お能《のう》の足取りといった調子で来たのでした。

「あッ、それは」

「黒助兄哥、済まねえが馬糧《まぐさ》の中を探したよ、――それから、相沢様、黒助には給金の残りもございましょう。五十両ばかり持たして、故郷へ帰してやっておくんなさいまし」

「――」

何という横着《おうちゃく》さ、半之丞が呆《あき》れて黙っていると、若い采女は手文庫の中から二十五両包を二つ出してポンと投《ほう》りました。

「お組の墓でも建ててやれ」

黒助は黙ってうなずきました。この若くて艱難をした新領主に楯《たて》を突く心は微塵《みじん》もなくなっていたのです。

「親分、鮮《あざ》やかだったね、水鉄砲を袂から出した時は、音羽屋*アと言いたかったよ」

「お前が文箱を捧げて出た足取りもよかったよ、ハッハッハッハッ、この勝負は中押《ちゅうおし》で俺の勝さ」

「違《ち》げえねえ」

平次と八五郎は、月明りの下を、ホロ酔加減で神田へ辿《たど》っておりました。家には、美しいお静が寝もやらずに待っているのです。

相沢半之丞は惜《お》しまれながら身を引き、娘のお秀は玉の輿《こし》に乗って、主君大場采女と祝言しました。これはズッと後の話、馬丁《べっとう》の黒助は本名の九郎助に返って、房州で百姓をした事は申す迄もありません。

平次女難

一

「何かやりましょうか、親分」

「止《よ》してくれ、手前《てめえ》が塩辛声《しおからごえ》を張り上げると、お月様が驚いて顔を隠す」

「おやッ、変な女がいますぜ」

「八、良い月だなア」

銭形の平次が、子分のガラッ八を伴《つ》れて両国橋にかかったのは亥刻《よつ》（十時）過ぎ。薄寒いので、九月十三夜の月が中天に懸《かか》ると、橋の上にいた月見の客も大方帰って、浜町河岸までは目を遮《さえぎ》る物もなく、唯《ただ》もうコバルト色の灰を撒いたような美しい夜です。

野暮用で本所からの帰り、橋の中程まで来ると、ガラッ八がこう言って平次の袖を引きました。たいした知恵のある男ではありませんが、眼と耳の良いことはガラッ八の天稟《てんぴん》で、平次のためには、これ程誂向《あつらえむき》のワキ役はなかったのでした。

「あの女か」

「ありゃ身投げですぜ、親分」

「人待ち顔じゃないか、逢引《あいびき》かも知れないよ」

「逢引が欄干《らんかん》へ這い上がりゃしません、あッ」

橋の上にションボリ立っていた女、平次とガラッ八に見とがめられたと気が付くと、いきなり欄干を越して、冷たそうな水へザンブと飛込んでしまったのです。

「八、飛込めッ」

「いけねえ、親分、自慢じゃねえが、あっしは徳利《*とつくり》だ」

「馬鹿野郎、着物の番でもするがいい」

そう言ううちにパラリと着物を脱ぎ捨てた平次、なんの躊躇《ちゆうちよ》もなく、パッと冷たそうな川へ飛込んでしまいました。

女は一度沈んで浮かんだところを、橋の下にやって来た月見船*が漕《こ》ぎ寄せ、何をあわてたか櫂《かい》を振上げましたが、気が付いたと見えて、水の中の平次と力をあわせ、身投女を舷《ふなべり》に引揚げました。

女は激動のために正体もありませんが、幸い大して水は呑んでいない様子、月見船の客は船頭と力をあわせて、濡れた着物を脱がせて、船頭の半纏《はんてん》や、客の羽織などを着せて、擦《さす》ったり叩いたり、いろいろ介抱に手を尽していると、どうやらこうやら元気を持ち直します。

蒼い月の光に照らされたところをみると、年の頃は二十二三、少しふけてはおりますが、素晴らしい容色《きりよう》です。

「どうだい、気分は。少しは落着いたか、何だってそんな無分別な事をするんだ」

平次は素っ裸のままで、女を介抱しております。近間にいる月見船が二三隻《せき》、この騒ぎに寄って来ましたが、無事に救い上げられた様子を見ると、この頃の町人は『事勿《ことなか》れ主義』に徹底《てってい》して、別段口をきく者もありません。

「有難うございます」

顔を挙げた女、平次はそれを正面から眺めて、どうやら見覚えがあるような気がしてなりません。

「違ったら謝《あやま》るが、お前さんは、お楽といやしないか」

「えッ？」

女はもう一度心を取直して、橋間《きようかん》の月に平次の顔をすかしました。

「ね、やっぱりお楽だろう？」

「あッ、銭形の親分、面目《めんぼく》ない」

女は毛氈《もうせん》の上へ身を投げかけるように、消えも入りたい風情です。男の羽織と半纏を引掛けた浅ましい姿がたまらなく恥かしかったのでしょう。

「銭形の親分さんで、――これは良い方にお目にかかりました。私は長谷川町で小さな質屋をしている笹屋《ささや》の源助という者でございます。身分不相応な贅《ぜい》で、生意気にお月様などを眺めながら、*十七文字を揃えていると、いきなり鼻の先へ人間が降る騒ぎでしょう、全く、こんなに驚いたことはありません」

成程《なるほど》、俳諧《はいかい》の一つくらいは捻《ひね》りそうな、質屋の亭主にしては、肌合の粋《いき》な男。銭形の平次と聞いて、いくらか冷静さを取戻したものか、身投女の後ろから、こんな事を言っております。長谷川町の笹屋というと、新しいながら相当繁昌する店で、商売柄平次も満更知らないところではありません。

「お蔭で一人助けました、とんだ功徳《くどく》でしたよ」

と平次。

「功徳には違いありませんが、町人はこんな時は何の役にも立ちません」

「ところで、お楽、お前のような女が、なんだってまた身を投げる気になったんだ」

平次は質屋の亭主にはかまわず、船を両国の方へ漕《こ》がせながら、漸《ようや》く心持が落着いたらしいお楽に話しかけました。

「何も洒落《しゃれ》や道楽に死ぬ気になったんじゃありません、親分、お怨《うら》み申しますよ」

「何？」

「兄の香三郎が、親分の縄に掛って、伝馬町に送られてから、世間の人は私を相手にしてくれません」

「――」

「兄は泥棒かも知れませんが、妹の私はなんにも知りゃしません。それを町内の構者《かまいもの》にして、厄病神《やくびょうがみ》のように追払ったのは、なんという訳の解らない人達でしょう」

「――」

「大泥棒の妹と知れると、どこでも三日とおいてはくれません。三月の間に五軒も越して歩いて少しばかりの貯《たくわ》えも費い果し、身でも投げなきゃア、乞食をするより外に身の振方《ふりかた》の工夫もつかなかったのです。親方やお上を怨《うら》んじゃ悪いでしょうか」

平次も驚きました。その頃江戸中を騒がせた三人組の大泥棒のうち、一人は逃げ、一人は死に、香三郎というのだけ捕ったのを、今年中の大手柄にしていると、何時《いつ》の間にやら、こんなとんでもないところに罪を作っていたのでした。

「そいつは気の毒だ。岡っ引だって鬼や蛇《じゃ》じゃねえ、早くそう言って来さえすれば、なんとかお前一人の身の振方位《くらい》考えてやったのに――」

「親分、そう言って下さると嬉しいけれど、私はどうせ大泥棒の妹だから」

「そうひがんじゃいけねえ、お前の身の立つように、及ばずながらなんとか工夫をしてやろう。もう死ぬなんて、つまらねえ心持は起しちゃならねえよ」

「――」

お楽は泣いておりました。

「親分、*土左衛門はどうしました」

*軽舸《はしけ》で摺れ違ったのは八五郎でした。河へ飛込んだ親分の身を案じて、西両国の*橋番所に駈けつけると、船を出して貰って現場——橋の下——へ漕がせたのです。

「八か、なんて口をきくんだ」

「それじゃお土左《どざ》」

「馬鹿ッ」

こんな他愛《たわい》のない掛合いが、船の中の空気をすっかり柔《やわら》げてくれました。

「親分、寒かったでしょうね、——その女は橋番所に引渡して大急ぎで帰りましょう。姐御は一本付けて待ってますぜ」

「この人を伴《つ》れて帰るんだ、駕籠をそう言ってくれ」

「へエ——、お土左を？　物好きだねえ」

「つまらねえ事を言うな、——笹屋の旦那、それじゃこの女はあっしが引取って参ります。とんだお世話になりました」

二

平次がお楽を伴れ込んだのをみると、女房のお静は悪い顔をするどころか、自分の親《しん》身《み》の姉が、久し振りで里に帰ったように、何の隔《へだ》てもなく受け容れてくれました。まだ＊厄《やく》を越したばかり、若くて美しくて、気立てのいいお静は、気の毒なほど下手《したで》に出て、綺麗で年上で、なんとなく押しの強いお楽を立ててやったのです。

翌る日。

「この辺へ商売用で来ました。序《ついで》と言っちゃ済みませんが、昨夜は親分の御世話になりましたのでお礼かたがた伺いました――」

そんな事を言って、笹屋の主人源助が手土産を持って顔を出しました。

「とんでもない、あっしこそお礼に上がらなきゃアならないところで」

平次は愛想よく迎えて、なにくれとなく話しました。平次よりは幾つか年上でしょうが、＊世故《せこ》にも長《た》け、文筆にも明るい様子で、この頃の質屋の亭主には、全く珍らしい人柄でした。

馬が合うというものか、二人はすっかり話し込んで、お静の着替を借りて着たお楽を相手に、到頭《とうとう》日の暮れるまで長話をしてしまったものです。

それから源助はチョクチョク訪ねて来ました。平次が留守だと、お楽やお静や、ガラッ八を相手に冗談口をきいて帰ることもあります。

「ありゃ何だい、質屋の亭主だっていうが、＊野幇間《のだいこ》だか、俳諧師《はいかいし》だか解ったものじゃない。あんな物識顔《ものしりがお》をする野郎は俺は嫌いさ」

ガラッ八は、蔭へ廻るとこんな事をいいますが、面と向うと、まことにだらしなく引込んでしまいます。物識と通人は、ガラッ八にとっては一番の苦手だったのです。

もう一人、お楽と源助を嫌いな人間がありました。

それは、ツイ二軒置いた隣に住んでいる、駄菓子屋の娘お町。お静と一緒に水茶屋に出ていて、平次に気があったのですが、張り合って綺麗に敗《ま》けて、今でも両国の水茶屋に通って、女だてらに大酒を飲んで、男から男へと渡って歩くようなだらしのない生活を続けているのでした。

「八さん、お寄りよ。知らん顔をして通ると、この間、私を口説《くど》いたことを町内へ触れて歩くよ」

「あッ、お町か、敵《かな》わねえな？」

ガラッ八はそう言いながらも、悪い心持がしないらしく、縁台に腰をおろして、お町が汲んでくれた温《ぬる》い茶を啜《すす》ります。

「ね、八さん、あの女はどこの化物さ。平次親分のところへ入り込んで、近頃はお静さんを使い廻しているッてえじゃないか」

「俺が、そんな事を知るものか。いずれ田舎の従妹《いとこ》とか姪《めい》とかいうんだろう」

ガラッ八は当らず触《さわ》らずの事を言っております。

「近所にあんなのがいちゃ癪《しゃく》にさわるねえ。お静さんもお静さんじゃないか、何だってまた黙って眺めているんだろう」

「そこがお静さんのいいところさ、お前とは少しばかり出来あいが違う」

「何だとえ、もう一度言って御覧」

「何遍《なんべん》でもいうよ、お静さんのあのポーッとしたところを親分が気に入ったんだ、そういっちゃ済まねえが、お町のようにピンシャンしてちゃ、親分の気に入るわけはねえ」

「畜生ッ、なんとでも言うがいい。――ところで、あのお楽とかいう女は、どうだい」

お町はこう言われてもたいして腹を立てる様子もなく、お楽のことを根ほり葉ほり聞きたがっております。

「あのお楽ときた日には大変さ。ただもうネットリして、膠《にかわ》でねって、鳥黐《とりもち》でこねて、味噌で味を付けたようだよ」

「嫌だねえ、万一お静さんから親分を横奪りするような事があったら、このお町さんが生かしちゃおかないって、そう言っておくれ」

「少し物騒だね」

「何が物騒さ、あんな女に町内を荒される方がよっぽど物騒じゃないか」

お町はそういった女でした。お静と平次が一緒になると、ゲームに負けたような心持で、一旦綺麗に引下がってはみたものの、横合《よこあい》から変なのが飛出して、平次へちょっかかいを出しているのをみると、自分がいさぎよく引下がっただけに、打ち殺してもしまいたいような、言いようのない衝動を感ずる——といった性《たち》の女だったのです。

三

四五日は無事に過ぎました。

お静は相変らずまめに立働いて、何の蔭もないように暮しておりますが、気を付けてみると、呆然《ぼんやり》して溜息《ためいき》を吐くといったような様子が、ちょいちょい平次にも見られるようになってきました。

お楽はガラッ八がいったように、少しねっとりとしておりますが、奉公人のように、よく働いております。妾《めかけ》、旅芸人といった過去はあるにしても、平次やお静の親切な仕《*し》向《むけ》に折れたのでしょう。見たところ、綺麗で、才走《さいばし》って、身だしなみがよくて、知らないものが見たら、こちらが平次の女房で、お静を妹とでも思うことでしょう。

「ね、お前さん、ちょいと」

或る日、お楽の留守を見定めて、お静は物蔭に平次を呼び入れました。

「なんだえ、誰も聞いちゃいない、用事があるならそこで話せ」

平次は少し面倒臭そうでした。

「私、こんな事は言うまいと思ったけれど、気味が悪くて、どうにも我慢がならない。お願いだから、お金か何かやってお楽さんを外《ほか》へ預けて下さいません？」

「何？」

予想外なお静の言葉に、平次は眼を瞠《みは》りました。

「――出て貰ったって、その日に困らせるような事さえしなければ、義理は済むじゃありませんか、お願いですから」

「お前妬《や》いてるのか」

「あれ、そんな事じゃありません。近頃私はこの儘《まま》ジッとしていると、殺されそうな気がしてならないんです」

「――」

「昨夜《ゆうべ》裏の井戸で水を汲《く》んでいると、いきなり私の足をさらったものがあるじゃありませんか。井桁《いげた》につかまって、井戸へ落ちるのだけは助かりましたが、気が付いてみると、水を汲む時立つ場所へ、縄で罠《わな》を仕掛けておいて、梁《はり》を通して、縄の端を向うから引くようにしてあったんです。誰が引いたか解らないといえばそれまでですが、この辺に私を殺す気の人がいるには間違いありません」

「――」

「それから、今朝は物置に入っていると、外から戸を締めて、輪鍵《わかぎ》をかけて心張《しんば》りをした上、炭俵へ火を点《つ》けた者があります。幸い気が付いて戸を押倒して飛出し、炭俵の火が軒へ移りかけたのを、天水桶*から水を汲み出して消しましたが、この様子だと、これからもどんな事をされるか解りません。お町さんに聞くと、二三日前にもお楽さんは、わざわざ両国の薬屋まで行って、何か買っているから、そっと後から跟《つ》いて行って見ると、*石見《いわみ》銀山《ぎんざん》の鼠取り薬だったそうです、――どこでいつ使うか解らないから用心するがいい、狙《ねら》われているのは鼠じゃなかろう――お町さんはそう言ってくれました」

「――」

お静の言うのはもっともでした。二度も三度も、明らかに自分の命を狙《ねら》う者の細工《さいく》を見せられては、どんな義理があるにしても、この上素姓の怪しいお楽を、同じ家根の下には置きたくなかったのです。気の弱い、物優しいお静が、思い切ってこう言うのですから、それは本当によくよくの思いだったのでしょう。

「お静」

「ハイ」

「お前は、俺がお上から*十手《じって》捕縄を預かる身分と知って嫁に来た筈だな」

「――」

平次の言葉は以《もっ》ての外《ほか》でした。嫁入ってから半歳あまり、ツイ荒い言葉も聞いたことのないお静は、あまりの事に仰天して、平次の憤怒《ふんぬ》とも、疑惑ともつかぬ顔を見上げました。お静は息の詰まるような心持だったのです。

「縛られたり、打たれたり、顔へ怪我をしてさえ、一言も泣き言をいわなかったお前が、それくらいのことで、お楽を追い出せとは何ということだ。やはり嫉妬《やきもち》と言われても文句はあるまい——いや、言訳は聞かない。身まで投げる気になったお楽を助けて、それが気に入らないというような女房は、俺の方でも考え直さなきゃアなるまい。お上の御用を勤めている身体には、いつどんな用事があるかも知れないのに、一々嫉妬がましい事を言われちゃ、御用が勤まらないというものだ」

「あれ、そんな積《つも》りじゃ」

「黙ってお袋《ふくろ》のところへ帰ってくれ。長いことは言わない、十日経たないうちに、なんとか言ってやろう。兎に角お前がここにいちゃ、ろくな事がなさそうだ。手廻りの荷物だけ纏《まと》めて、後と言わずに、今直ぐ行ってくれ。＊三行半《みくだりはん》をやるか、迎えの人をやるか、それはもう少し考えてからの事だ——無分別なことをするな」

「お前さん、そんな、そんな、——私はそんな積りで言ったんじゃありません。堪忍して下さい、死んでも私はここを動きません」

お静はあまりの事に顛倒《てんどう》して、平次の膝に縋《すが》りつくと、赤ん坊のようにイヤイヤをしながら泣きました。もう二十歳《はたち》にもなって、大《お》＊丸髷《おまるまげ》の赤い＊手柄《てがら》がおかしいくらいなお静が、平常《ふだん》可愛がられ過ぎてきたにしても、これはまたあまりに他愛《たわい》がありません。

「お静、みっともない、いい出した事を変替《へんがえ》する俺じゃない。兎も角お袋の所へ行って、五日なり十日なり、俺の考えの決まるのを待つがいい」

「否《いや》、否、私は否、どんなことがあっても、ここを動きゃしません。ね、私が悪かったら堪忍して下さい」

「馬鹿ッ」

「堪忍して下さい、お願い」

お静は平次の膝《ひざ》から胸へ、首にすがりついて、たった三つになる子供のように泣くのでした。

少し下脹《しもぶく》れの可愛らしい顔が涙に濡《ぬ》れて、紅い唇のワナワナと顫《ふる》ういじらしさは、どんな剛情な平次も、折れるだろうと思われましたが、頑固《がんこ》に眼を閉じた平次は、それをむしり取るようにもぎ離して、

「八、ガラッ八はいないか」

縁側の方へ声を掛けるのでした。

「オーイ」

ノソリと立ったガラッ八も、拳固《げんこ》でしきりと涙を拭いております。

「気の毒だがお静をお袋のところへ連れて行ってくれ。十日経ったら、改めて平次が伺いますって、いいか」

「御免蒙《ごめんこうむ》ろう」

「何だと？」

「そんな使いは御免蒙ろうよ」

「馬鹿ッ、突っ立って物を言う奴があるか」

「立とうと坐ろうと勝手だ。こんな貞女《ていじょ》を追い出して、あの雌猫《めねこ》の化けたような女と一緒になる積《つも》りだろう。そんな野郎はもう親分でも子分でもねえ」

「野郎と言ったな。馬鹿ッ」

「馬鹿の親分は野郎で沢山だ」

「畜生ッ、言やがったな」

平次は思わず煙草盆を持って立上りました。

「あれッ、八さん、お前さんの方が引込んでいてくれなきゃア、──どうせ私が悪いんだから」

お静は二人の間に割って入りました。

四

「親分、可哀想じゃありませんか、お静さんは泣きながら行きましたよ。私は丁度横町でバッタリ出会わすと、お静さんを勧め勧《なだ》め行った八さんが、往来で私を捕まえて、そりゃ変な事ばかり言うんですもの、間の悪さといったら」

お楽はそう言って銚子を取上げました。お静が出かけた後、邪魔する者もない心持で、晩酌《ばんしゃく》の相手までしていたのです。

「お前が来てから、お静の調子がすっかり変ったのさ。気の毒だが、御用聞の平次に、妬《や》く女房があっちゃお上《かみ》の御用が勤まらねえ」

「でもねえ、あんなに騒がれて一緒になった二人じゃありませんか。私なんか、遠くから見ていてどんなに羨《うらや》ましかったことか」

お楽はそう言って、丸い顎《あご》を襟に埋めました。銚子を持った華奢《きやしや》な手が少し顫えて、海千山千といった妖婦《ようふ》肌《はだ》の女にしては、変に亢《たか》ぶる感情を押えきれない様子です。

「お前も一つやるかい、お楽」

雫《しずく》の滴れそうな猪口《ちよく》を、お楽は小さく両手で受けてニッコリしました。妙に脂《あぶら》の乗った艶めかしさは、嫌な言葉ですが、『ニンマリ笑った』というのが一番適当しているでしょう。

お静の着換《きがえ》には相違ありませんが、お楽が着ると、銘仙も木綿も粋《いき》になるのでした。洗い髪に、赤い赤い唇、猪口に触《さわ》るとそのまま酒も紅になりそうな、それはなんという官能的な魅惑《みわく》でしょう。

「だけど嬉しいねえ、親分とこうしていられるんだから、私はまるで夢のような心持よ」

少し馴々《なれなれ》しい口をきいて、猪口を返す手に思わせぶりな力をこめたりしました。

「つまらない事を言っちゃいけない。ところで、お前にいろいろ聞きたいことがあるが、――言ってくれるだろうね」

と平次。

「親分には命を助けて貰った上、こんなに親切にして頂くんだから何もかも言ってしまいますわ、その代り私の願いも聞いて下さるでしょう？」

お楽は何時《いつ》の間にやら長火鉢《ながひばち》の向う側から、こちら側へ滑《すべ》って、平次の身体にもたれるようにしているのでした。

「それはもう、大抵《たいてい》の事なら聞くが――」

「有難いわねえ、親分、一体、どんなことをお話すればいいの」

「ほかでもない、半歳前に江戸中を荒した三人組の大泥棒、一人はお前の兄の香三郎で、これは伝馬町の大牢《たいろう》に入っている。もう一人は蝮《まむし》の三平――これは死んだそうだが、――あと一人残った人殺しの房吉、これは頭分《かしらぶん》で、人の五六人も殺している。一人だけ縄目を脱《のが》れて、今でも人もなげに御府内を荒し廻り、この平次を白痴《こけ》にして喜んでいる。俺はこの房吉を縛って、江戸中の人を安心させたいのだよ」

「解りましたワ、親分、思い切って言ってしまいましょう。房吉は名を変えて、今では江戸の真中《まんなか》に住んで、親分が死んだと思い込んでいる三平と一緒に、相変らず悪事を重ねていますよ」

お楽の手は何時《いつ》の間にやら平次の腕に巻きついて、その少しほてった顔は、妙に悩しく平次の緊張した顔を見上げるのでした。

「それは有難い。房吉、あの人殺しの房吉といわれた野郎と、兄弟分の三平はどこにいる、教えてくれ、お楽」

「その代り私のお願い、——」

「出来ることならなんでも聞く、——房吉はどこだ」

「——」

お楽が何か言おうとした時でした。

「御免下さい」

お勝手の格子が開いて、ソロリと入ってきたのは、石原の利助の娘で、平次には日頃恩にもなり、親《した》しみも持っているお品。親の利助の病中は、その代りに子分どもを指図して、十手捕縄を恥《はずか》しめなかった女ですから、見たところは弱々しい、出戻りとも思えぬ若くて美しいお品ですが、*気象《きしょう》や才知は、並の男の三人分もあろうという女です。ちょうどこの時、

「親分、今晩は、ちょいとお静さんのお留守見舞よ、入っていい？」

表からは二軒置いて隣りに住む、昔のお静の朋輩《ほうばい》お町、それは、無抵抗で優しいお静にだけは兜《かぶと》を脱《ぬ》いでおりますが、外の女が平次に指でも差そうとしたら、狂犬《やまいぬ》のように喰いついてやろうという恐ろしい女です。

「あッ、お品さん、――お町もかい」

平次も呆気《あっけ》にとられました。折角お楽の口から兇賊の住所《ありか》を聞き出そうとしている矢先に、こんなのに飛込まれては、全くやり切れません。

「お町もか――はひどいでしょう。親分、そのもかが気に入らないよ」

お町は自分の家のように入ってきました。

「弱ったなア」

「弱ったのはお静さんよ。あんな可愛らしいお神さんは江戸中探したって二人とあるものか、お前さんには過ぎものだ。そんな雌猫《めねこ》の化けたような脂《あぶら》ぎった女なんかと見換《みか》えちゃ罰《ばち》が当るよ」

「お町、口が過ぎるぞ」

「お神酒《みき》は過ぎてるが、口なんか過ぎるものか」

お町は一寸《ちよつと》も引きそうにありません、――それどころか、長火鉢の向うへ、女だてらに大胡坐《おおあぐら》をかくと、お楽の手から猪口《ちょく》をむしり取ります。

「さア、親分注《つ》いでおくれ。何をキョトキョトしているのさ、これでもこの雌猫よりはましだよ。お静さんに親分を取られた時は*器用にあきらめたが、親分をほかの女に取られるような事があっちゃ、両国の水茶屋の名折れだよ」

平次は苦笑いして立上がりました。後にはお品、

「親分、お静さんはお里へ帰ったそうですねえ」

「どこから聞いたんだ、お品さん」

「手紙が来ましたよ、頼むから一と晩親分を見張って下さい――って」

「どれ、その手紙を見せな」

平次はお品の手から手紙を受取りましたが、見覚えのある手蹟《しゅせき》ではありません。

「親分、ここへ泊っても構わないでしょう？」

お品までがこんな事を言います。これはお町と違って、叱ることも追払うことも出来ないだけが、厄介というものでしょう。

「こいつは面白いや。女三人で親分を真中に、睨めっこのお通夜《つや》なんざ洒落たものだね」

お町はすっかり喜んでおります。

「親分、あの話は明日にしましょう」

と、お楽。これも辟易《へきえき》する柄ではありませんが、さすがにこうなっては、何を切り出

すことも出来ません。

「驚いたな、どうも、みんな帰ってくれ。御親切は有難いが、ひと晩頑張っていられちゃ、俺がたまらない」

と、平次。

「色男には誰がなるってね、親分、こう新造《しんぞ》に騒がれるのも満更悪い心持じゃないだろう」

お町は柱にもたれて*太平楽を言っております。

五

銭形の平次もこの晩ほどひどい目に逢わされた事はありません。脂ぎった妖艶なお楽と、*鉄火で*阿婆摺《あばずれ》で男のように啖呵《たんか》を切るお町と、出戻りとはいっても、美しくて賢《かしこ》いお品の間に挟まって、ひと晩さいなまれたのです。

朝になると、飛出してひと風呂、お品が拵《こしら》えてくれた飯を済ますと、そのままプイと飛出してしまいました。これよりほかには、女難除けの手段《てだて》も考えられなかったのです。

留守は多分、お品がいいようにやってくれるでしょう。しかし、事件は、その日のうちに急転直下して、凄まじい終局《カタストローフ》まで推し進んでしまいました。

その晩、町内の銭湯へ行ったお楽が、容易に帰らないと思っていると、

「あ、人、人殺しッ」

路地の中で大変な騒ぎが始まりました。

留守番のお品は飛んで出ました。お町が引揚げてしまった後、さすがにお品一人では淋しかったのです。

「何だ何だ」

あっちこっちから人が飛出してきました。平次の家の近く、通りから少し入った一間の路地、一方は板塀で、一方は表を閉《とざ》した貸家、その先が生垣で、共同井戸で、袋路地になっておりますから、日が暮れると滅多に人の通らないところです。

誰か手燭《てしょく》を持出すと、

「あッ」

皆な潮の引いたように退きました。恐ろしい血潮の中に、若い女が仰向けに倒れているのです。

「平次親分のところにいる人じゃないか」

誰かが言います。

紛《まぎ》れもなくそれは、お楽の取乱した湯上がり姿に相違なかったのです。

平次は朝から留守、どうする事も出来ません。そのうちに誰が言ってやったか、町役

人が見廻り同心を連れてやって来ました。

うしろから顔を出したのは、どうして嗅《か》ぎつけたか、三輪《みのわ》の万七とお神楽《かぐら》の清吉。お品は『しまった』と思いましたが、今更病中の父親を連れて来るわけにもいかず、一人で気を揉《も》んでおります。

「旦那、申上げます。殺されたのは、この間から平次のところへ入り込んでいる女で、お楽とかいうそうです。そのために平次は女房のお静を出したって話ですから、いずれ、そんな事で刃物三昧《はものざんまい》になったんじゃございませんか」

万七はすっかり好《よ》い心持そうに、お楽の死体を見たり、そこいら中の人に当ったり、目まぐるしく活動しては、合間合間に同心に報告しております。

「刃物は何だ」

「*匕首《あいくち》の細いのでございます、うしろから突いたところを見ると、下手人はどうせ女でしょう」

「フーム」

「妙な物を見付けましたよ、旦那、死体の側の血の中にこれが落ちていました」

万七の渡したのを見ると、斑《ふ》の入った鼈甲《べっこう》の櫛《くし》。銀で唐草《からくさ》を散らした、その頃にしては、この上もなく贅沢な品です。

「これはいい手掛りだ」

と同心。

「心当りの者に聞くと、それほどの品ですから間違いはありません、平次の女房のお静の品なんだそうで――」

「何？　平次の女房が下手人だというのか」

万七の謎を解いて、同心も驚いた様子です。

「お静が下手人だとは申しませんが、兎に角、この女のために昨夜追い出されて、お袋のところへ帰ったそうですから、一応呼出してお訊き下さいまし。こんな人通りのない路地の奥へ入って、どうして櫛《くし》なんか死体のそばへ置いたか、その弁解《いいわけ》さえ立てば、お静の疑いはすぐ晴れます」

「フーム」

どうも万七の言う事は一々皮肉です。

「もう一つこれはたいした事じゃございませんが、念のために申上げておきます。お静は余程口惜《くや》しかったと見えて、今日は朝一度、昼頃一度、平次の家の廻りまで来てウロウロしていたそうです。朝と昼来たくらいですから、宵《よい》に来ないってわけはございません」

「――」

いよいよ以《もっ》て万七の舌は毒を含みます。

しかし、同心もすぐに平次の女房に縄を打たせるわけにはいきません。念には念を入れて、路地の内外、湯屋での様子、それから平次の家に留守番をしているお品まで調べました。が、お静を呼出して訊くより外には、下手人の見込みも当りもつきそうもないと解《わか》ったのです。

「お静の里というのはこの附近か」

と同心。

「ツイそこで」

「喚《よ》んで来て貰おうか」

同心の許しが出ると、清吉は飛出そうとしました。

六

「どっこい、それには及ばねえよ、お静さんにやましい事があるわけはねえ」

ヌッと顔を出したのは八五郎でした。

「八兄哥《あにい》か、銭形の親分もとんだ掛合《かかりあ》いで気の毒だな」

万七は妙に笑いたいような、泣き出したいようなしかめっ面を見せます。

「ヘッヘッ、有難いことで、三輪の親分が大層気の毒がっていなすったと、――親分へ申しておきましょうよ」

「ところでお静ちゃんはどうなすったえ」

「これもお気の毒みたいな話で、ツイ今しがたまで、おッ母アとあっしを相手に、泣いたり笑ったりしていましたよ」

「本当かい」

「お隣で聞けば解りまさア」

「この櫛《くし》はお静さんのだってね」

万七は動かぬ証拠の積《つも》りで、鼈甲《べっこう》の櫛を見せました。

「お静さんのだったら、どうなるんだ」

「気の毒だが下手人の疑いは免《まぬが》れっこはねえ」

「へーエ」

「死体のそば、それも血の海の中に落ちていたんだ」

「そうですかい、もう一つ同じ櫛を持っている人があったらどうします、三輪の親分」

「何だと？」

「ちょっと待っておくんなさい」

ガラッ八は飛んで行きましたが、暫くすると、ベロンベロンに酔払ったお町を引っ担《かつ》ぐようにして伴《つ》れて来ました。

「何だって？　あの雌猫《めねこ》が殺された？　いい気味だね、明日まで生きていりゃア、私が殺す積りだったよ。あん畜生とひと晩啀《いが》み合ったので、今日は気色が悪くて仕様がないから、店を休んで朝から呑んでいたんだよ」

いやもう滅茶滅茶の機嫌です。

「お町、人一人の命にかかわることだ、しっかりしておくれ。これだ、この櫛はお前のだろう」

ガラッ八は一生懸命でした。万七の手から受取った櫛をお町の朦朧《もうろう》たる酔眼の前へ持っていきます。

「私のだよ、誰が盗んで行きゃがったんだ」

「確かにお前のだね」

「お静さんと一年前に対《つい》に拵えたんだよ。お静さんのでなきゃア私のさ」

「目印はないかえ」

「そんな物があるものか、針で突いた程の傷も付けないのが自慢だったんだ。誰が一体盗んで行ったんだ」

お町の言うのは嘘らしくもありません。

「いつ盗まれたんだ、出鱈目《でたらめ》を言っちゃならねえよ」

万七は横合から口を出しました。

「出鱈目、チ、畜生、岡っ引じゃあるまいし、お町姐さんが出鱈目を言うかい。櫛は二月前に盗まれたんだ。町奉行所へ届出なかったのが悪きゃア、どうともしやがれ」

お町の大地に崩折れるのを尻目《しりめ》に、

「八兄哥、お静さんの疑いは晴れたとは言えねえな」

万七はニヤリとします。

「三輪の親分、お静さんは昼からズーッとここへ来るまであっしと話していたんですぜ」

八五郎は少しムッとした様子です。

「一*つ穴だ、当《あて》になるものか」

「三輪の、あっ、しが嘘をついたって言うのかえ」

「誰もそんな事は言わねえよ」

「お町はこの間からお楽の阿魔《あま》を殺すんだって威張っていたが、もう少し訊いてみちゃどうです、え、親分」

「こんな酔っ払いに人間一人殺せるわけはねえ。無駄だよ。八兄哥――」

「じゃどうあっても」

「縄張外で気の毒だが、平次兄哥ではこの調べがむずかしかろう。俺が代ってお静さんの口を割ってやらなきゃアなるまい、どっこい」

三輪の万七はそう言って、お神楽《かぐら》の清吉を振り向きました。何やら目くばせすると、苦い笑いが二人の頬をニヤリと走ります。

「畜生ッ、そんな事をされちゃ銭形の親分の名折れだ、お静さんを調べるなんて、俺が不承知だ」

八五郎は大手を拡《ひろ》げて立ち塞がりました。

「馬鹿野郎、奉《たてまつ》っておきゃアいい気になって、手前達《てめえたち》＊三下《さんした》の知ったこっちゃねえ、黙って引込んでいやがれ」

「何を言やがる、手前《てめえ》は仲間の誼《よし》みてえ事を知らねえのか、義理も人情もねえ野郎だ。それもお静さんに少しでも疑いがあるなら兎も角、お静さんは、お袋と俺のそばを一寸も離れちゃいねえんだぞ」

「うるさいッ」

「金輪際《こんりんざい》ここを通すものか」

「役目の表でもか」

「――」

「馬鹿野郎、ドジを通らねえと、手前のようになるとよ、ハッハッハッ」

清吉はこんな洒落《しゃれ》を言いながら、八五郎の胸をドンと突きました。

「野郎、突きゃアがったな」

飛びかかろうとする八五郎。

「騒ぐな、八五郎、話は俺がつけてやる」

うしろからそっと肩に手を置いた者があります。

「何をッ」

振り返ると、八丁堀の旦那、吟味与力筆頭笹野新三郎が、微笑を含《ふく》んで立っているのでした。

七

万七とガラッ八の争いの嵩《こう》ずるのを惧《おそ》れて、お品がそっと人を走らせ、笹野新三郎に助けを求めたのでした。

調べはまた最初からやり直し、何から何まで念入りに繰返しましたが、結局、お楽を殺す動機を持っている者は、お静とお町の二人だけ。落ちていた櫛《くし》は、二人のうち、どっちかの物と決っておりますが、お町は二月前に紛失、お静は昨日落したというだけで、これも水掛論に終りそうです。

お静は到頭喚出《とうとうよびだ》されて、お町と一緒に調べられることになりました。騒ぎを聞いて丁度そこへやって来たお静は、その儘下手人の疑いを受けて、皆から冷たい眼で見られなければならなかったのでした。

丁度そこへ、ノッソリと銭形平次が帰ってきました。

「あッ、親分、大変な事になった」

八五郎は飛付きました。万七のそばに引据《ひきす》えられたお静は、飛付くこともならず涙一杯溜めて、平次の喜び勇む顔を見ております。

「聞いたよ、お楽が殺されて、お静とお町が下手人の疑いを受けているって話だろう、――お蔭で俺には、何もかも解ったような気がする。旦那、御免なさいまし、三輪の親分、御苦労様」

平次はそう言うと、ツカツカと死体のそばに寄り、提灯や手燭の明りで、恐ろしく念入りに調べ始めました。傷口から衣紋《えもん》から、その辺の大地まで、平次の眼からは、何一つ逃れようがありません。

「大方見当がつきましたよ。櫛《くし》を見せて下さい、ホウ、これはお静のだ」

「えッ」

ガラッ八はいう迄もなく、お静も、新三郎も、万七までもびっくりしました。自分の女房を致命的な疑いに引入れるような言葉です。

「どの辺に落ちていたんだ、誰が拾った？　もとのように置いて貰おうか、――それで間違いはないね、後で間違ったなんて言われると困るが、何？　目印が付けてあった？

それは有難い」

平次はそう言ってもう一度櫛《くし》を取上げながら続けました。

「この櫛には血が着いていない、誰も拭きゃしませんね、――もっとも、一度血の着いた櫛なら、拭いても歯の間に血が残っている筈だが、この櫛にはそんな跡《あと》はない、――血の中に入っていて、血が着かないとすると、この櫛はお楽を殺した時落したんではなくて、後から持って来て、そっと置いて行ったものに違いない。血が乾きかけてから置いたなら、櫛へは血が着かなかったわけで――」

「――」

皆はこの一言で、すっかり平次に征服されてしまいました。互いに顔を見合せて、次の言葉を待つばかりです。

「自分の持物を死体のそばへ持ってくる者はないから、この下手人はお静でもお町でもありませんよ」

平次は笹野新三郎の方を向いてこう言います。

「――」

皆ホッと溜息《ためいき》を吐きました。わけてもガラッ八の喜びようというものはありません。

「それから、こんな袋路地の奥へ湯帰りのお楽を連れ込むのは、知っている者でなきゃアならないが、女じゃありません。うしろから突いたから、一応女と思うのももっともだが、女が匕首《あいくち》を持って向う突きにしたとすると、傷口は上向《うわむ》く筈だ——第一返り血が大変だから、その辺にウロウロしているとすぐ見つかる」

「——」

「これは、お楽を胸に抱いて、うしろへ手を廻して匕首《あいくち》を背中に押し当てるように、恐ろしい力で突き下げた傷だ。これなら返り血を浴びる事もなし、傷口が下向になっているのが何よりの証拠だ。それから、お楽の手の爪の中に紬《つむぎ》の糸屑が、ほんの少しだが入っている、抱きついて背中を刺された時掻きむしったんだね、紬を着るのは大概《たいがい》男だ」

「——」

なんという明察でしょう。万七は一句もなく首を垂れました。

「一体下手人は誰だ、平次、話してみるがいい、お前には解っているようだが——」

笹野新三郎は耐《こら》え兼ねてこう言いました。

「最初から申しましょう。九月十三夜に、両国橋で私は身投女を救い上げました。これがお楽で、三人組の大泥棒、香三郎の妹でございます。そばにいた船へ引上げて貰おうとすると、その船の船頭が櫂《かい》を振り上げて私を打とうと構えたのです。幸い月見船が二三艘《そう》いたので、私も命拾いをしましたが、これは唯事でないと思ったから、そこからお楽を引取って、少し見ていることにしたのです」

「——」

平次の話は奇っ怪でした。調べてみるとお楽は房州生れの河童《かっぱ》で、水で死ぬような女ではありません。兄の仇《かたき》を討ちたさ、夫の仕事を手伝う積りで、平次の通るのを知って狂言身投をやり、あわよくば水の中で打ち殺し、やり損じたら、ひと芝居打って、平次の家へ入り込み、平次をなんとかして亡き者にしようと思ったのでした。

「笹屋源助というのはお楽の亭主でございます、それは後で解りました」

平次はこう続けます。

――お楽は平次の家へ入り込みましたが、平次に心惹《こころひ》かれて殺す心が鈍《にぶ》り、その代りお静を殺そうと計画したのでした。平次はお静危うしと見て、わざと腹を立てた振りをしてお静を母親の許に返し、すぐさま怪しいと睨んだ笹屋源助の身許を探し始めました。

これがお楽の亭主だったことは言う迄もありません。

お品を呼出した手紙を、平次が手を廻して笹屋の亭主の書いたものとくらべると、寸分違わぬ同じ筆でした。笹屋の源助は、女房お楽の心変《こころがわ》りを知って平次とひと晩一緒に置くのを気遣い、お品をおびき出してその番人にしたのです。お町が飛込んできたのは、これは源助にも予想外だったでしょう。

――笹屋の源助は三人組大泥棒の首領房吉の変名だった事は言う迄もありません。お楽が自分を裏切って、自分と三平の在所《ありか》を教えようとしたのを聞いて、始めて殺意を生じ、いよいよ打明けるという今晩、銭湯へ行ったお楽を蹤《つ》けて、この路地に誘《さそ》い入れ、いろいろに説き立てたのですが、お楽はすっかり気が変って源助の言う事を聞かなかったので、前から抱き寄せるようにして、隠し持った匕首《あいくち》でひと突きにしたのです。

「櫛《くし》は、源助がチョイチョイ私の家へくるうち、何かの役に立てようと思って持って行ったのでしょう。どうかしたら、昨日お静が飛出す時、あわてて落したのを拾ったものかもわかりません」

平次はこう説明して、一度辛《つら》く当ったお静へ、――勘弁しろよ――といった優しい眸《ひとみ》を送りました。お静はもう嬉し泣きに泣いて、それも気の付かない様子です。

「ところでその笹屋の源助というのはどうした、急いで手配しなければなるまい」

と笹野新三郎。

「それには及びません、あれでございます」

指す人込の中から、一人の男、身を翻《ひるがえ》して逃げ出そうとするのを、早くも平次の手から飛んだ投げ銭、一枚はその項《うなじ》を、一枚は背を打ちます。

「あッ」

ひるむところを、どこをどう飛込んだか、親分の気を知ることの早い八五郎は、サッと飛込んでうしろから組付きました。

「これが笹屋の源助か」

笹野新三郎は、物優しくさえ見える縄付を顧《かえり》みました。

「そうでございます、三人組の首領《かしら》で、人殺し房吉という、恐ろしい男でございます」

平次は驕《おご》る色もありません。

「そうと知ったら、逃げるんだった。手前《てめえ》の話に釣られて、到頭年貢《ねんぐ》を納めさせられるよ」

房吉は口惜しそうに歯咬《はが》みをします。

「ガラッ八は最初からお前のそばに付いていたよ、俺の眼の動き一つで、なんでも読むのが八五郎の芸だ。逃げた筈の三平も、今頃は捕っているだろう。それも手配をしておいたよ」

平次は事もなげにこう言います。

「銭形の親分、お前さんはお静さんを捨てちゃならないよ。お静さんを泣かせると、このお町が承知しないから」

酔っ払いのお町はフラフラと立ち上がると、お静の頸っ玉に噛《かじ》り付いて、泣き出してしまいました。

兵粮丸《ひょうろうがん》秘聞

一

銭形平次もこんな突拍子もない事件に出っくわしたことはありません。相手は十万石の大名、一つ間違うと天下の騒ぎになろうも知れない形勢だったのです。

江戸の街はまだ屠蘇《とそ》機嫌で、妙にソワソワした正月の四日、平次は回礼*も一段落になった安らかな心持を、その陽溜《ひだま》りに持ってきて、ガラッ八の八五郎を相手に無駄話をしていると、お静に取り次がせて、若い男の追ったてられるような上ずった声が表の方から聞えてきます。

「八、こいつはとんだ御用始めになりそうだぜ、手前《てめえ》は裏からそっと廻って、あの客人に気を付けるんだ」

「へエ――」

八五郎は腑《ふ》に落ちない顔を挙げました。少し造作《ぞうさく》の間伸びはしてますが、そのうちにも何となく仕込みの良い猟犬のような好戦的なところがあります。

「見なきゃ判らないが、多分あの客人の後を跟《つ》けている者があるだろう」

「へエ――」

八五郎は呑込み兼ねた様子ながら、平次の日頃のやり口を知っているだけに、問い返しもせず、お勝手口の方へ姿を消しました。

入れ違いに案内されて来たのは、十七八の武家とも町人とも見える、不思議な若い男。襲われるように後ろを振り返りながら、

「平次親分でございますか、――た、大変な事になりました。どうぞお助けを願います」

おろおろした調子ですが、それでも、折目正しく坐ってこう言うのでした。

武家風な*前髪立、小倉の袴《はかま》を着けて、短かいのを一本紙入止めに差しておりますが、言葉の調子はすっかり町人です。

「どうなすったのです、詳《くわ》しく仰《おっ》しゃって下さい。次第によっては平次、及ばずながら御力になりましょう」

平次はそう言わなければなりませんでした。物に脅《おび》えた美少年の人柄や様子を見ると、その悩みを取り去ってやりたい心持で一パイになる平次だったのです。

「私は――*牛込御《お》納戸《なんど》町の一色道庵《いっしきどうあん》の伜綾之助《あやのすけ》と申します」

「えッ、それではもしや、父上道庵様が？」

「ハイ、三人目の行方知れずになった本道《ほんどう》（内科医）でございます」

「それは大変」

これは平次の方が驚きました。一色道庵というのは、町医者でこそあれ、その頃日本中にも聞えた本草家《ほんぞうか》（今の博物学者）で、和漢薬に通じていることでは、当代並ぶ者無しといわれた名家だったのです。

それは兎《と》も角《かく》、平次を驚かしたのは、この三人目の行方不明ということでした。昨年の秋あたりから、江戸の本草学者が神隠しに逢ったように、相ついで行方不明になっております。最初の一人は赤坂表町*の流行《はやり》医者で本田蓼白《りようはく》先生、これは二十日目に弁慶《べんけい》*橋《ばし》の下へ死体になって浮き上がりました。二番目に行方不明になったのは馬道*の名医、伊東参竜《さんりゆう》先生。これは、医者というよりは、本草家の方で有名でしたが、行方不明になってから一カ月目、向柳原《むこうやなぎはら》*の土手の上で、袈裟掛《けさがけ》に斬られて死んでおりました。医者が続けざまにやられるので、見立違いで死んだ病人の遺族が、怨《うらみ》を酬《むく》いるのではあるまいかと思われましたが、赤坂と馬道ではあまり距《へだた》り過ぎて、共通の病人を扱った心当りもないので、間もなくその疑いは晴れました。

しかし、何の為に、医者が二人迄続けざまに殺されたか、御府内の岡っ引が血眼になって捜しましたが、下手人はおろか、殺した趣意も解りません。向柳原は縄張内で、平次も暮へかけてひと働きしましたが、こればかりは、雲を掴《つか》むようで、全く手の付けようがなかったのでした。

押し詰ってその噂も漸《ようや》く忘れられ、気に掛りながら正月を迎えた平次、四日の御用始めに三人目の犠牲者《ぎせいしゃ》の伜に飛込まれたのですから、これには全く驚きました。世間並の正月気分になっていた自分の怠慢《たいまん》を指摘されたようで、こんなに恥入ったことはありません。

「御父上――道庵様が行方知れずになったのは、何時《いつ》の事でしょう」

「昨夜、正亥刻《しょうよつ》（午後十時）頃――」

「それなら大丈夫、蓼白《りょうはく》様は行方知れずになってから二十日目、参竜様は一と月目で殺されました。曲者が御府内の名医や本草家をさらって行くのには、何か思いも及ばぬ深い仔細がありましょう。兎に角三日や五日のうちに間違いがある気遣いはありません」

「本当でしょうか」

「それはもうお請合いいたします。今度こそはどんな事をしても曲者を嗅ぎ出して、万に一つも、父上様に間違いのあるような事はさせません」

「親分、お願い申します」

綾之助は俯向《うつむ》きました。半分は気休めと知っても、当時岡っ引の名人と言われた銭形平次にそう言われると、ツイ涙が先走って、これ以上は口も利けなかったのです。

二

「親分ッ」

「あッ、八か、どうしたんだ。どこの溝《どぶ》から這い上がってきたんだ」

木戸を押し倒すように、いきなり庭先へ入ってきた八五郎の風態は、全く溝から這い上がってきた鼠のようでした。

「親分、口惜しいよ、女と思って油断をすると、いきなり突き飛ばしやがるんだ」

「女に突き飛ばされたのを吹聴《ふいちょう》したって手柄になるかい。井戸端へ行って水でもかぶってきな、馬鹿野郎」

「ヘエ――」

八五郎は返す言葉もなく井戸端へ廻りました。間もなく*寒垢離《かんごり》を取るような水の音、昼下がりの陽射しはポカポカするようでも正月四日の寒さに、水の音を聴いただけでゾッと身顫《みぶる》いが出ます。

「どうしたのです、親分」

綾之助は眉を顰《ひそ》めました。

「子分のガラッ八というあわて者ですよ、お前さんが入ってきなすった時、蔭で声を聴いただけで、誰かに追いかけられるか、後を跟《つ》けられている様子だったから、念のために表を見にやったまでの事ですが、根が悧巧《りこう》じゃないから、余計な事をして溝へ投り込まれたんでしょう」

「そう言えば、市ヶ谷からここまで、始終《しじゅう》誰かに跟《つ》けていられるようで、なんとも言えない厭《いや》な心持でしたよ」

綾之助は舌を巻きました。

入口に訪れた人の声を聴いただけで、その後を緇《つ》けている者があると察したのは恐ろしい慧眼《けいがん》です。

「そんな事はなんでもありゃしません。八の野郎がつまらない事をしなきゃア、とんだ手柄になったものを――」

「親分、つまらない事は可哀想だぜ、これでも精一杯の仕事をしてきたつもりだが――」

八五郎はろくに拭きもしない身体に、新しい袷《あわせ》を引っかけて出てきました。

「精一杯の仕事？　一体どんな物を見てきたんだ」

「親分に言い付けられて、直《す》ぐ裏から廻ると、向うの荒物屋の角に立って、そっとこちらを見張っている女があるじゃありませんか」

「ほかには誰もいなかったのか」

「犬っころ一匹いねえ、御町内はまことに太平さ」

「無駄を言うな」

「側へよって首実検《くびじっけん》をしようと思ったが、どうしても面《つら》を見せねえ、後ろから覗くようにすると、いきなり筋違《すじかい》見附の方へスタスタと駆け出すじゃありませんか」

「――」

「五六町（五百五十〜六百五十メートル）追っ駆けたが、女のくせに恐ろしく足が早《はえ》え、――それに＊御守殿崩《ごしゅでんくず》しの襟脚が滅法綺麗だ」

「何？　御守殿崩し？」

「まさか＊椎茸髱《しいたけたぼ》じゃねえが、間違いもなく武家の内儀だ。年は二十五六、――もう少し若いかな」

「それがどうした」

「段々人足は多くなるし、見附を越して駕籠にでも乗られるとうるせえ、後ろから追いついて、いきなり姐さんちょいと待って貰おうか――と袖を引くと振り向きもせずにあいつしの手を払った」

「フーム」

「癪《しゃく》にさわるから、御用ッと首筋へ武者振りつくと身をかわしてデンと来やがった。それで顔も見せねえんだから凄い腕前だ」

「馬鹿野郎、女に溝へ投《ほう》り込まれて感心する奴があるかい」

「天下の八五郎を溝へ投り込む女は、江戸広しと雖《いえど》もたんとあるわけはねえ」

「呆れた野郎だ、それで手掛りもフイだろう。黙って正直に後を跟《つ》けて行きゃいいものを」

平次の言うのはもっともでした。相手に覚《さと》られずに跟ける気になったら、思いの外早く曲者の身元が解ったかも知れないのです。

「親分、勘弁しておくんなさい。女に舐《な》められたのは臍《へそ》の緒《お》切って以来だ」

「嘘を吐《つ》け、女には舐《な》められ通しじゃないか」

「ヘッヘッヘッ、素《す》っ破《ぱ》抜いちゃいけねえ」

ガラッ八は苦笑いをしながらピョコリと頭を下げました。これが精一杯の陳謝の心持でしょう。膝っ小僧がハミ出して、道化《どうけ》たうちにも、妙に打ち萎《しお》れた姿が物の哀れを覚えさせます。

三

銭形平次はガラッ八を伴《つ》れて、時を移さず御納戸町の一色家に乗込みました。一子綾之助が曲者に跟《つ》けられたとすると、隠れてコソコソ探索する必要は無かったのです。

道庵は御典医《ごてんい》ではありませんが、上様の御声掛りで、万一の場合は城中にも御呼出しがあって、*簾外《れんがい》から糸脈を引くことなどがあり、町医者ながら苗字帯刀を許され、御納戸町に門戸を張って、江戸三名医の一人といわれるほどの人物でした。

早く妻に死に別れて、家族は一子綾之助と、その姉のお絹の三人きり、お絹は父の仕込みで、女ながら本草学に詳しい上、世にすぐれて美しく生い立ちましたが、父道庵の註文がむつかしいので定まる縁もなく、二十歳の春まで、白歯の美しさを山ノ手一円に謡《うた》われております。

乗込んで行った平次も、何から手を付けていいか見当も付きません。咋夜亥刻《ゆうべよつ》（十時）時分に、麴町三丁目の雑穀屋で、山ノ手切っての*分限《ぶげん》といわれた伊勢屋総兵衛から、急病人があるからと、駕籠を釣らせて迎えにきたので、道庵は取るものも取り敢えず、その駕籠に乗って出掛けましたが、後から薬箱を持っていった下男は、狐につままれたような顔をして戻ってきました。

伊勢屋には病人も何にもなく、道庵を呼んだ覚えは勿論、風邪薬《かぜぐすり》を買った者もないのに、松の内から薬箱を持ち込まれて以《もっ》ての外《ほか》の機嫌だったのです。

さては――と気の付いたのはもう真夜中過ぎでした。父道庵が不思議な医者殺しの三人目の犠牲者に選ばれたと判ると、お絹、綾之助の姉弟は居ても立ってもいられません。姉弟打合せた上、弟の綾之助が銭形の平次を訪ねたのはその翌《あく》る日の昼頃、平次は柳原で殺された伊東参竜の始末もついていないので、お面《めん》の安の縄張《なわばり》を承知の上、二つ返事で飛んできたのでした。

「駕籠は町駕籠でしたか」

と平次、お絹に引逢わせてくれると、挨拶も抜きにこんな事を訊きます。

「町駕籠のように仕立てて来ましたが、後で気がつくと、道具も人足も思いの外《ほか》立派だったようでございます」

お絹は取り乱した中にも、才女らしくハキハキ答えました。二十歳というにしては、少しふけた方ですが、充分美しいうちにもなんとなく理知的なところのある娘でした。絹の縞物《しまもの》は少し平常着に贅沢ですが、時めく流行《はやり》医者の娘としては、騒ぎの中にもよい嗜《たしな》みです。

「提灯の紋は?」

「それも見ませんでした。もっとも昨夜はあの風で、手拭で提灯を包んでも不思議はなかったのでございます」

「フーム」

平次は唸《うな》るばかりです。

「親分、お願いでございます、一日も早く探し出して下さい」

気象者のお絹も、平次の手を取らぬばかりにこう言うのでした。

門弟達、出入の者、ひと通り調べましたが、なんの手掛りもありません。往来で駕籠を見かけた人を捜《さが》すことなどは、時も時、正月三日の江戸の街でも、思いも寄らぬことです。そのうちに松が取れて、世間は次第に静かになりましたが、道庵の行方は見当もつかず、平次もすっかり腐ってしまいました。

「平次、医者殺しの下手人はまだ判らぬか。一色道庵の行方知れずになった事は、殿中の御噂にまで上ったそうだよ」

与力の笹野新三郎は、平次を激励《げきれい》するともなく、こんな事を言うようになりました。

「恐れ入りますが、もう三日ばかりお待ち下さいまし」

一時逃れと解っても、平次はそう言うより外には言葉もなかったのです。

悄然《しょうぜん》として八丁堀から帰ってくると、これも真剣に心配しているには相違ありませんが、物に遠慮のないガラッ八が、

「親分しっかりしておくんなさい、世間じゃそう言ってますぜ——銭形のもタガが弛《ゆる》みはしないかってね。江戸中の医者が種切れになった日にゃ全く、風邪も引けねえことになりますぜ」

「馬鹿野郎」

平次はムズムズする程腹を立てましたが、さすがにガラッ八を殴《なぐ》りもなりません。

四

「親分、一色道庵が帰ってきましたぜ」

「何？」

「先刻《さっき》御納戸町を通ったから、ちょいと覗いてみると、一色の家は盆《ぼん》と正月が一緒に来たような騒ぎだ」

「そりゃア不思議だ。兎に角行ってみよう」

平次はすぐ飛出しました。もう戌刻《いつつ》（午後八時）過ぎ、夕方から吹き始めた名物の空っ風に、頬も鼻も、千切れて飛びそうな寒さですが、平次の探求心は反《かえ》って火の如く燃えさかります。

「親分、早《はえ》え足だなア、そんなに急がなくたって大丈夫だよ。一色道庵は、向うから駕籠で送り届けられたんだから、当分消えて無くなるわけはねえ」

「無駄を言わずに歩くんだ」

「だって、考えてみるとあっしはまだ晩飯にもありつかねえ、無駄も言いたくなるじゃありませんか」

「――」

「第一、助かって帰ったにしては、あの医者の浮かねえ顔が解《げ》せねえ」

「何だと」

「一色道庵は家へ帰ってもろくに物も言わず、*土壇場《どたんば》に据えられたような陰気な顔をしているのはどんな訳でしょうね、親分」

「フーム、それは不思議だ。何か深い仔細《しさい》があるんだろう、急ごうぜ八」

「だがネ親分、あのお絹さんとかいう、お嬢さんは大した容貌《きりょう》だね」

「――」

「それに確《しっか》り者で、学問があって」

「解ってるよ」

そんな事を言いながら、二人は鉄砲丸《だま》のように一色道庵の門を潜りました。

中はガラッ八が言ったように、盆と正月が一緒に来たような騒ぎ、平次はガラッ八を門弟達の部屋に残して、取り敢えず一色道庵に逢ってみましたが、困ったことに誰にさらわれて、十日の間どこに隠されていたか、その事に関する限りは、一言も漏《も》らしません。

「平次親分、留守中は大層御世話になったそうで、お礼の申上げようもありません。お蔭で無事に帰ってきましたが、――いや訊いて下さるな。どこに何をしていたか、そればかりは言えません」

一度話が急所に触れると、分別臭い五十男の坊主頭を、深々と八丈の襟に埋めて、田《た》螺《にし》のように押し黙ってしまうのです。

平次はいろいろ手を尽して問い試みました。娘のお絹も見るに見兼ねて口を添えますが、一色道庵の顔は困惑に硬張るだけで何の役にも立ちません。

「それは料簡違いじゃありませんか。悪いことをした覚えがないから、言うも言わぬも勝手とは思いなさるだろうが、世の中はそれじゃ通りません。──お上《かみ》の方には、本草学者を三人も誘拐《かどわか》したのは、いずれ毒でも盛らせるつもりだろう。大きなお家騒動でも始まるか、でもなきゃ、謀叛《むほん》を企《たく》らんでいる奴があるに違《ち》げえねえ──とこんな噂もあります。万一謀叛人に荷担《かたん》して、見聞きした事も漏らさずに、大事が起った時はどうなると思います」

「────」

「その時、一人や二人腹を切ったところで申訳が立ちましょうか。九族根絶やしになってからでは、悔《くや》んでも追いつきゃしません」

平次の言葉は急所を突きました。『謀叛』と聞くと、一色道庵はサッと顔色を変えて、静かに四方を見廻しながら、

「申しましょう、──こちらへ」

言葉少なに平次を別室に導《みちび》き入れ、改めて四方に気を配ると、自分の胸に手を置いて、

ホッと溜息を吐きました。

五

「平次親分、私は世にも不思議な目に遇いました。お蔭で本田蓼白《りょうはく》、伊東参竜両先生が殺された事情もよく解り、私も無い命と覚悟をしましたが、不思議なことで命を助かり、どうやらこうやらこちらへ送り返されました。しかし、何時《いつ》また伴《つ》れて行かれるか、この儘《まま》虫のように打ち殺されるか、それさえ解らない心細い身の上です」

一色道庵の話は怪奇を極めました。

こうです。

正月三日の晩、伊勢屋総兵衛からの迎いと言ってきた駕籠は、道庵を乗せると、厳重に垂《たれ》を下ろして、滅茶滅茶に駆け出しました。御納戸町から麴町三丁目までというと、ほんのひと息で駆けつける筈ですが、ものの半刻（一時間）あまりもグルグル廻って、

「これはおかしい」

と思った時は、まるっ切り見当もつかぬ家の前――深い木立の中の一軒屋、それは丁度大名の下屋敷の離屋《はなれ》といった、小さいが数寄《すき》を凝《こ》らした家の庭先へ担ぎ入れられていたのです。

驚く一色道庵は、声を立てる暇もなく、その縁の上へ引き上げられました。四方は深い木立、右も左も大きい屋敷続きで、少しくらい声を出したところで、誰も救いになどは来てくれそうもない場所だったのです。

やがて気が付くと、眼の前の障子は左右に押し開かれました。正面には唐銅《からかね》の大火鉢へ、銀の網の上から手を翳《かざ》して、五十年輩の立派な人物が坐り、脇息に凭《もた》れたまま、寛達な微笑をさえ浮べてこちらを眺めているのでした。

ハッと声を立てようとすると、左右の手を取って引き据えられました。いつの間にやら、鬼をもひしぎそうな武家が二人右と左から挟んで、道庵を護っていたのです。

「一色道庵よく参った、苦しゅうない、即答を許すぞ。それから*褥《しとね》を取らせえ」

主人は鷹揚に言って、人に反抗させせぬ微笑、持って生れた圧倒的な微笑を送るのでした。

やがて、主人は手文庫の中から、畳紙《たとう》に包んだ錦《にしき》の袋を出し、その中を探って、薄黒い梅干ほどの丸薬を取り出しました。

「道庵、ここまで来て貰ったのはこれの為じゃ。何日《なんにち》と日限は切らぬが、出来るだけ早く、この丸薬と同じものを作り、その処方を書いて貰いたいのじゃ、褒美は望み次第取らせる、――が万一失策《しくじ》るとその儘帰さぬぞ」

道庵はヒヤリとしました。本田蓼白や伊東参竜は、この丸薬と同じ物を作りかねて、

——その儘殺されてしまったのでしょう。

「よいか道庵」

いいも悪いもありません。道庵はその不思議な丸薬を取り上げて、思わず胴顫《どうぶるい》をしました。

丸薬は作ってから何十年経ったか解らないほど古いもので、眼で見、鼻で嗅いだくらいでは、とてもその処方がわかりません。

「その丸薬は手元に七つある。一つだけは噛んでも砕いても構わぬが、その代り同じものを作らなければならぬぞ、よいか」

主人はそう言って、なんの蟠《わだかま》りもなくニヤリとしました。

一色道庵はそのままそこに留め置かれて、丸薬の分析《ぶんせき》に没頭しました。が、七日経っても、十日経っても、蓼白、参竜が解いたより、たった二つの違った原料を発見しただけで、相変らず残る二つ三つは、年数の為に変質して、なんとしても解きようがなかったのでした。

林の中の庵《いおり》は大きな屋敷と垣一つ隔《へだ》てただけで、日頃二三人の武家と、凄いほど美しい女と、下女が二人いるだけ。主人はそれっきり姿を見せませんでしたが、待遇は実に至れり尽せりで、一色道庵になんの不自由もさせません。

十日経ちました。久し振りで庵を訪ねた主人の前へ、一色道庵の示した丸薬の成分というのは、人参、松樹甘皮《まつのあまかわ》、胡麻《ごま》、薏苡仁《よくいにん》、甘草《かんぞう》の五味だけ。

「人参と薏苡仁の解ったのは手柄であった。が、その丸薬は七味を併せて作ったものじゃ。残りの二味は何であろう」

主人は大機嫌でこう言います。

「恐れながら、この丸薬を一粒拝借して、御納戸町の自宅にお帰し下されば、心永く研究を重ね、残る二味を相違なく見付けて参りますが――」

道庵は恐る恐るこう言うのでした。

「フーム」

「ここではなにぶん道具薬品などが揃いません。いかがでございましょう」

「それでは一応御納戸町へ帰すと致そうか。その代りこの事を一言も漏《もら》してはならぬぞ。その丸薬の秘密向う一カ月の間に解き、解きおわったら合図をいたせ、早速迎いの者を遣わすであろう、よいか」

堅い約束。道庵はめでたく自宅へ帰る嬉しさに、何もかも承服して送り還されて来たのでした。

六

「親分、こうしたわけ、――私にはなんの事やら少しも解りません。丸薬は幾度も舐《な》め試みましたが、毒薬が入っていたにしても、人を殺すほどでないのは確かで、残る二味も、私には大方見当はつきます。これでも謀叛《むほん》や悪企みと関り合いになるでしょうか」

一色道庵は全く不思議でたまりません。

「その林の中の庵《いおり》というのは、どの辺に当るでしょう」

と平次。

「それが少しも解らないのです。道順の様子では麻布か赤坂と思いますが」

「家具類、――例えば火鉢とか膳とか、長押《*なげし》とかに定紋のようなものはなかったでしょうか」

「それも気を付けましたが、長押の金具は剝ぎ、襖の引手は外し、手洗鉢も膳椀も、その辺の店にあり合せの品を集めたもので、一つも紋のあるのは出しません。もっとも主人の殿が用いた火鉢だけは一度毎《ごと》に隠しましたが、何やら蒔絵《まきえ》の紋があったようで、要心深く巾《きれ》を巻いて隠してありましたが、何かの機《はず》みで見えたのは、抱茗荷《だきみょうが》のような、鱗《うろこ》のような、二つ菊のような、――遠目でよくは判りませんが、何でも変った紋所でしたよ」

「言葉の訛《なま》りは？」

「女どもは間違いもなく京言葉でしたが、武家と主人の殿には、奥州訛りがあったように思います」

「有難うございました。それだけで大方見当がつきましょう」

「どうぞ、私から聴いた事は内々にしておいて下さい。またどんな仇をされるかも解りませんから」

「それは大丈夫でございます」

平次はそこそこに暇乞いをすると、夜駕籠を飛ばして、真っ直ぐに八丁堀へ。

「御免下さい。天下の大事、旦那様に御目にかかって申上げたい事がございます。神田の平次が参ったと仰しゃって下さい」

真夜中の笹野新三郎の門を叩きました。

「何だ平次、夜の明けるのを待ち兼ねるほどの大事があるのか」

吟味《ぎんみ》与力筆頭、若くて俊敏な笹野新三郎は、この自慢の岡っ引に叩き起されて、大した不平らしい顔もせずに起きてきました。

「旦那、どうも謀叛《むほん》の匂いがします」

「何？」

「これを召上って御鑑定なすって下さいまし。一色道庵はこの丸薬と同じ物を作れと言われ、林の中の大名の下屋敷の離屋《はなれ》に十日も留められたそうでございます」

「フーム」

「本田蓼白と伊東参竜の見分けた成分は、松の甘皮と胡麻と甘草《かんぞう》で、一色道庵はその上人参と薏苡仁《よくいにん》を見つけたそうですが、もう二味ある筈だと言います。道庵は、多分田螺《たにし》を干して粉末《こな》にしたのと、毒草鳥兜《どくそうとりかぶと》か烏頭《うず》だろうと申しますが、それを打ち明けると殺されるから、家へ帰って研究すると言って、首尾よく送り還されたそうでございます」

平次の話は、事毎に新三郎を驚かしました。

「平次、それが本当なら、大変な事になるぞ」

「ヘエ――」

「お前は知るまいが、これは陣中の兵粮丸《ひょうろうがん》、一に避《ひ》穀丸《こくがん》とも兵利丸《ひょうりがん》ともいう秘薬だ」

「ヘエ――」

「兵家、忍術家は皆知っている筈だ。遠きは義経の兵粮丸、楠氏の兵利丸、竹中半兵衛の兵粮丸などいうものがある。兵書には蝮蛇《まむし》、茯苓《ぶくりょう》、南天の実、白蠟《はくろう》、虎の肉などを用い、一丸よく数日の餓《うえ》を救うといわれている」

「ヘエ――」

平次は開いた口が塞がりません。全く大変な事になってしまいました。

「東照権現様御一統の後は、各藩兵家本草家に兵粮丸を作らせ、いざ鎌倉という時に備えているが、これは秘中の極秘で、家老用人と雖《いえ》どもその製法を知らないのが常だ。天下知名の兵粮丸というのは、江州《ごうしゅう》の彦根、越後の高田、南部の盛岡、岩代《いわしろ》の二本松、伊予の西条、羽後の秋田、上総《かずさ》の大多喜、長州の山口、越前の福井、紀州の和歌山、常陸《ひたち》の水戸、四国の高松、などがある。牛肉を用うるもの、勝栗を用うるもの、白梅を用うるもの、いろいろあるが、いずれも藩の運命を賭けても秘密を守り、藩外には処法は申すまでもなく、兵粮丸一片も出さぬように心掛けている」

笹野新三郎の説明は、すっかり平次を仰天させました。

「すると、やはり謀叛ものですね。麻布赤坂あたりに下屋敷を持っている大名が、兵粮丸を手に入れるかどうかして、本草家を誘拐《ゆうかい》してそれを作る積りでしょう。これは一日も油断がなりません」

「ところで平次、どこの藩がそんな事を企《たくら》んでいるか、見当でもついたのか」

と新三郎。

「奥州訛《なま》りのある大名と家来で、女中に京女を使っているところというと、すぐ判りそうじゃございませんか、旦那」

「フーム」

「紋所は、抱茗荷《だきみようが》のような、鱗《うろこ》のような、二つ菊のような――下屋敷が麻布か赤坂――ああ判った」

「何が判ったんだ、平次」

「間違いっこはありません。南部でございますよ」

「南部？」

「御領地は盛岡で十万石、南部大膳大夫様は向鶴《むかいづる》の紋じゃございませんか、そのうえ御下屋敷は麻布南部坂で、召使女中には御自慢で京女を御使いになる。一色道庵の逢ったのは、＊南部大膳大夫重信様に間違いはございません」

「フーム」

笹野新三郎もこんなに驚いたことがありません。本草家を三人誘拐して二人まで殺したのは、容易ならぬ陰謀《いんぼう》とは思いましたが、それが兵粮丸の秘密を解くからくりで、南部大膳大夫に疑いが向いて行くとは思いもよらなかったのです。

「早速＊竜《たつ》ノ口《くち》の評定所へいらっしゃいませ、御老中にこの旨を申上げて、夜の明けぬ間に討手を差向けられるよう――」

「これこれ平次、もう少し後先を考えて物を言え、南部家には立派な兵粮丸が伝わっている筈だ。数ある兵粮丸のうちでも、南部と水戸の兵粮丸は有名で、大小名方の羨望《せんぼう》の的になっているのに、何を苦しんで古めかしい兵粮丸の分析をさせるのだ」

「へエ」

「その辺の事が判然《はっきり》相わからぬうちは、滅多なことは相成らぬぞ。わけても南部大膳大夫様は忠誠の志深く、御上の御覚えも目出たい方だ。隣藩佐竹様への押えとして、格別の御声掛りがある筈、謀叛などは思いも寄らぬ」

笹野新三郎の言うことは理路整然としておりました。銭形の平次、捕物にかけては天下の名人ですが、大名方の消息は、与力の笹野新三郎ほどは読んではいなかったのです。

七

兵粮丸や避穀丸というものは、荒唐無稽なもののように思うのは大間違いで、昔は軍陣、忍術者の食糧として必要だったばかりでなく、避穀法《ひこくほう》として、凶作飢饉に備える為に、各藩挙《こぞ》って学者に研究させたものでした。

中には随分馬鹿馬鹿しいのもありますが、十中八九は理詰めで、梅干大の兵粮丸が三つか五つで、少なきは半日一日、多きは三日七日の餓《うえ》を凌《しの》いだと伝えております。

兵粮丸には、麻痺《まひ》薬を用いて、一時胃を欺瞞《ぎまん》するのと、カロリーの多い食糧のエキスを取って、少量の食用で大きいエネルギーを出させるように出来たのとあります。これらの研究は、今では専門の学者の仕事で、ここで書き尽すにしてもあまりに重大な問題です。ただ決して出鱈目なものではなく、昔の人はこういうことについて、実によく研究していたということが解って頂けば充分です。

降《くだ》って天保年間（一八三〇～四四年）には、兵粮丸について面白い騒ぎがありますが、それはまた筆を改めて書く機会もあるでしょう。

兎に角、兵粮丸の秘密を守る為には、随分一藩の運命を賭けたこともあるくらいですから、封建時代に、人間を二三人殺すことを、なんとも思わない野心家があったことも不思議はないのです。

余事はさて措《お》き、銭形平次は笹野新三郎に止められて、辛《から》くも老中を動かすことだけは思い止まりましたが、江戸の名医を二人まで、虫のように殺した相手を、その儘《まま》差し置くのが、なんとしても心外でたまりません。

翌《あく》る朝、御納戸町へ行って、もう少し詳しく聴く積りでいると、例のガラッ八が、旋風《つむじ》のように飛込んできました。

「親分、今度はお嬢さんがさらわれた」

「何？　お嬢さんが――」

「お絹さんが昨夜のうちに行方知れずだ。あんな綺麗な娘の死体が弁慶橋なんかに浮いた日にゃ、天道《てんとう》様も無駄光りだ、大急ぎで出かけましょう」

「よしッ、来い八五郎」

二人は宙を飛んで一色邸に駆けつけましたが、打《う》ち萎《しお》れた道庵を慰める術《すべ》もなく、どうする事も出来ない有様だったのです。

お絹は昨夜丑刻《やつ》（午前二時）頃から暁方までの間に家を抜け出しましたが、外から誘われたのなら、誰か気が付かずにいる筈はありませんから、多分、自分から進んで出掛けたところをさらわれたのでしょう。

「親分、昨夜お前さんに打明けたのが悪かったのだ。娘に万一の事があっちゃ、私は生きて行く空もない」

一色道庵が、平次をつかまえて、怨みがましく言うのも無理のない事でした。

「ところで、玄関の上にブラ下げた瓢簞《ひょうたん》はありゃアなんの禁呪《まじない》です」

平次は妙なところへ気が付きました。

「――」

「お嬢さんがさらわれたので、丸薬の秘密が解けたという合図をなすったのじゃございませんか」

「――」

「ね、それが悪いとは言いませんが、相手はどんな事をする気か、見当もつきません。大きい声では言えませんが、万一これが謀叛を企んでいるとしたら――」

「いえ、親分、そんな事はありません。あんな丸薬で謀叛も騒動も起せるわけはないし、それに、私にしては娘の命が何より大事でございます。黙って私をやって下さい、玄関へ瓢簞を出せば、その日のうちに迎えの駕籠が来ることになっております」

「行って丸薬の秘密を奪《と》られた上、万一の事があったら?」

「そんな事はありゃしません。丸薬の七味を解いてやれば、恩こそあれ怨《うらみ》を受ける覚えはない筈です。私は行って娘を救い出さなきゃなりません」

お絹が父親の命に代る為に、自分から進んで虎狼《ころう》の顎《あぎと》へ飛込んだと解ると、一色道庵は危険に対してすっかり盲目になってしまったのです。

「それじゃ、たった二つ私の願いを聴いて下さい、――一つは、その林の中の庵《いおり》の絵図面を引いて見せること、一つは――」

平次の声は次第に小さく、やがて一色道庵の耳に何やら囁いております。

八

「恐れ入りますが、御用人様へ御取次を願います。あっ、い、あっしは八五郎というケチな野郎でございますが、御家の大事をお知らせ申したさに、神田からわざわざ参りました――と」

「何じゃ、御用人様に逢わしてくれ、お前は一体何だい」

継穂《つぎほ》もなくヌッと出たのは、南部坂下屋敷の裏門を預かる老爺、今まで手内職をしていたらしい埃を払って、およそ胡散臭《うさんくさ》そうにガラッ八の間伸《まのび》のした顔を眺めやるのでした。

「へエ――、正《まさ》にあっしで」

「正にって面じゃないよ、――用事は何だい、滅多な物貰いを取り次ぐと、俺が叱られるでな」

「物貰いじゃないぜ爺《とっ》さん、お家の大事ってえものを教えに来たんだ」

「そうかい、お家の大事とあっては放ってもおけまい、どりゃ」

腰を伸ばすと、丁度向うから中年の立派な武家が一人、何の所在もなくフラリとこちらへやって来るのを見かけました。

「あッ、桜庭様、丁度いいところでございました。この人が、お家の大事とやらを持って来なすったそうで、裏門に立ちはだかって、滅茶滅茶に小鼻を脹らませていますが」

「何？　お家の大事？　聴き捨てならぬ事じゃ。拙者は桜庭兵介、当南部藩の家老職を勤めおる者――」

ズイと出ました。思慮も分別も腕も申分のない武家に圧倒されて、ガラッ八の八五郎はツイ二三歩引下がりました。

「へエ、手前は八五郎と申しまして、ケチな野郎でございますが、南部兵粮丸の七味はよく存じております。人参、甘草《かんぞう》、薏苡仁《よくいにん》、それに胡麻と松の甘皮《あまかわ》、――そこまでは誰でも解るが、残りの二味がむずかしい」

「何を言われるのじゃ、とんでもない。南部兵粮丸は、一藩の秘密で処法は御国許宝蔵に什襲《じゅうしゅう》してある。拙者如きの知るところではない」

桜庭兵介もすっかり煙に巻かれた形です。

「御家老のお前さんも御存じがない。ヘエ――、すると、残る二味を申上げても一向面白くはないわけで」

「左様」

「少しおかしな事になったぜ、――ね、御家老様、今殿様はこちらの御下屋敷にいらっしゃるんですかい」

「それは申上げ兼ねるが、見らるる通り裏表に門番一人ずつ、拙者が時々見廻りにくるくらいだから、大方お察しもつこう」

「成程、ここにはいらっしゃらない、と仰しゃるんですか、――ヘエ――、ところで、一色道庵の娘、お絹と申すのがこのお屋敷におりましょう」

「いや、そのような者はおらぬぞ」

「おかしいなア、それじゃ本田蓼白《りょうはく》や、伊東参竜を殺したのも御邸の者じゃないと仰しゃるんですね」

八五郎は遠慮を知りませんでした。穏当な桜庭兵介の調子に油断をするともなく、ツイこんな事までツケツケと言ってしまったのです。

「無礼者ッ、何を申すッ」

「ヘエ――」

「先程から黙って聞いていると、放図《ほうず》もない男だ。殿を初め一藩の名に拘る事を申すと、その儘には差し許さんぞ」

「――」

「成敗して取らせる、それへ直れッ」

桜庭兵介が鯉口《こいぐち》をブッと切ると、八五郎横ッ飛びに五六歩、早くも門の外へ飛出しておりました。

「冗談でしょう。こんな事で首をチョン斬られてたまるもんじゃない、あばよと来た」

尻を端折ると後をも見ずに、サッと一文字に逃げ出します。

「爺や、あれは何じゃ」

「気違いでございましょうよ、別段飲んでる様子もなかったようですから」

門番と家老は顔を見合せて笑いました。まことに天下泰平な図柄です。

九

ガラッ八の報告を聴くと、平次の頭脳《あたま》はいろいろに働きます。この事に南部家は関係していないようにも思われますが、もし関係があるものとすれば、桜庭兵介は日本一の喰わせ者です。

　それに、一色道庵の描いた林中の庵《いおり》の見取図と、ガラッ八が覚束ない手で引いた、南部家下屋敷の横手にある離れの図を比べると、林の配置、外観、構造、実によく似ておりますが、不思議なことに二つの図面の外観が、鏡へ映した実体と映像のように正反対になっているのです。道庵の見取図は入口が右なのに、ガラッ八のは左、袖垣も、障子も、縁側も、そっくりその儘《まま》と言っていいくらい正反対になっているのは、一体何を意味するのでしょう。

　この上は最後の手段として、一色道庵が、迎いの駕籠に揺られて行く道々、平次の知恵で残して行った栞《しおり》を探すより外はありません。道庵の駕籠を跟《つ》ければもっと簡単に曲者の策《さく》が解る筈ですが、駕籠に付添ってきた一人の武士は、下手《へた》に駕籠を跟ける者があれば、一刀の下に道庵を刺すつもりらしく、鯉口を切って、まだ薄明りの街を行ったので、平次と雖《いえ》ども、今日ばかりはどうすることも出来なかったのです。

　一色道庵は、膝の上に載せた薬箱から、ひと摑みの糠《ぬか》を出して、付添の眼を忍ぶように、道々往来へ撒いて行きました。駕籠の垂を下ろしているので、どこを通るのか見当はつきませんが、扉の下の方に商売用の水牛の匙《さじ》を挟んで、糠をこぼして行くくらいのことは出来たのです。平次はその後を追いました。駕籠を見失うと、往来にこぼした糠をたよりに、それでも、どうやらこうやら六本木まで辿り着きました。

駕籠はもうどこへ行ったか解りません。提灯で照しながら地べたを舐《な》めるように、僅《わず》かに残る糠をたよりに来ると、

「野郎ッ」

不意に棍棒が耳をかすめます。提灯を叩き落されたのでした。

「あッ」

顔を挙げると、何時《いつ》の間に集ったか、三方から五六人の人数、棍棒と匕首《あいくち》を、中には二条の白刃さえ交えて、

「えーッ」

膾《なます》になれと斬りかかります。平次は鼬《いたち》のように飛退きました。

「何をしやあがるッ」

「黙れッ」

キナ臭くなるような襲撃。平次はもう一度白刃をかわすと、身を翻《ひるがえ》して五六歩。

「逃げるか平次」

「何をッ、これでも喰らえッ」

懐を探ると、取り出したのは青銭が五六枚。一枚一枚を口で嘗《な》めて、ピューッ、ピューッと得意の投げ銭が夜風を剪《き》ります。

「あッ」

「やられたッ」

二三人は額を割られた様子、たじろぐ隙に平次は、身をかわして街の宵闇に隠れてしまいました。

しかし平次の方も大手ぬかりでした。折角知恵を絞った糠《ぬか》の栞《しおり》も、夜道ではあまり役に立たず、そのうちに空っ風が吹いて、明日をも待たずに吹き飛ばされてしまったのです。

翌る朝、一色道庵の死体は、南部家下屋敷の門前に捨ててありました。

左肩口からたった一と太刀、大袈裟《おおげさ》に斬ったのは凄いほどの手際で、平次が飛んで行った時はまだ検屍も済まず、門の側に寄せて、筵《むしろ》を掛けたまま、役人と門番の老爺が見張っております。

一応死体を見せて貰った平次は、丁度下屋敷に居合せた家老の桜庭兵介に逢ってみようと思いました。一方は十万石の大名の二番家老、こちらは町方の御用聞風情、あまりに身分が違い過ぎますが、門前に変死人があっては、留守居の重役、知らん顔も出来ません。

「平次とやら、困った事が起ったものじゃ。当家の迷惑はひと通りではない、なんとか早く、取り片付けて貰いたいが――」

桜庭兵介思いの外手軽に平次を呼び入れて、縁に腰を掛けたまま、こうこぼしております。ガラッ八を脅かした様子では、かなり荒っぽい人かと思いましたが、会ってみると思いの外練《ね》れた人間で、岡っ引風情に、なんの隔《へだ》りもなくこう話しかけます。

「恐れ入ります。もうすぐ取り片付けましょう。御迷惑は万々お察し申しますが、あの死体があったばかしに、御当家に掛る重大な疑いが晴れました」

「それは一体、何の事じゃ」

「三人の本草家をさらって殺した曲者は、御当家へ疑いのかかるように仕向けております。昨夜も一色道庵をわざわざここまで伴《つ》れ出した上、後ろから一刀に斬り捨てたのは、その為でございました」

「フーム」

「あの手際は見事でございます」

「余程の腕利きであろうな、八丈*の重ね着を一枚の雁皮《がんぴ》*のように斬ってある」

「ところが、それほどの腕利きも、御当家裏門前で斬ったのは手ぬかりでございました。門の扉に飛沫《しぶ》いた血潮で見ますと、門を閉めたままで外で斬ったものに相違ございません。御当家から送り出したものなら、あれだけ門の近くで斬る為には、扉を開けている筈でございます」

「フーム」

桜庭兵介は唸りました。南部家に対する疑いが晴れた喜びよりも、この岡っ引の知恵の逞《たく》ましさに驚いたのです。

十

「ところで、つかぬ事を伺いますが、御当家の兵粮丸処法が紛失したことはございますまいか」

平次はいきなり話頭《わとう》を転じました。

「いつぞやも、そのような事を訊ねてきた男があった——が、南部兵粮丸は天下知名の秘薬じゃ。臣下と雖《いえ》ども濫《みだ》りに知ることは相成らぬ。殊に、泰平の今日、兵粮丸などはまず世に出ぬ方がよいとしたものであろう」

「恐れ入ります」

「御領地盛岡の不来方《こずかた》城宝蔵に什襲してあるが、それが何とか致したか」

「いえ、——ところでその兵粮丸を用いられたのは、何時《いつ》の事でございましょう。一番近いところで——」

「左様、近頃はトンと聞かぬが、天正十九（一五九一）年に一族九戸政実《*くのへまさざね》が叛《そむ》いた時、南部の福岡城で用いたということが伝わっている」

「どなたが用いましたので」

「攻め手は南部藩に、仙台会津の援兵二万人という大軍だが、兵糧も充分あり、兵粮丸の世話にはならなかった。敵は謀叛人の九戸政実一族五千人、福岡城を死守したから、その時城中に貯えてあった南部の兵粮丸を用いたことと思う。もっとも兵粮丸の法書きは盛岡の不来方《こずかた》城から一度も出した事がない」

「九戸政実の一族はどうなりました」

「皆死んだよ。城中の男女数百人を櫓《やぐら》に置いて自《みずか》ら火をかけ、党類三十余人は誅《ちゅう》せられて首を京師《けいし》に送った——とある」

「その九戸の一族で今日まで生き残る者はございませんか」

「なにぶん昔の事だ。今生きていると皆百歳以上だろう、もっとも、その子孫はないとは申されぬが」

桜庭兵介は問わるるままに藩の歴史を語ります。

「ほかに、南部藩を怨む者はございませんか」

「ない、いや心当りがないと言った方が宜《よ》かろう」

「大膳大夫様とお仲の悪いのは？」

「大きな声《こえ》では申されぬが、＊津軽《つがる》越中守様じゃ」

後に＊相馬大作《そうまだいさく》の騒ぎを起した南部と津軽は、その頃からなんとなく犬猿の心持で睨み合ってきたのです。

「恐れながら、御下屋敷の中、わけても御庭を拝見いたしとうございますが」

平次は妙な事を言い出しました。

「ならぬところだが、当家の迷惑を取り除いてくれたその方の為に、案内してとらせる、こう参れ」

桜庭兵介は気さくに立ち上がり、平次を伴れて、霜枯《しもがれ》の深い庭をあっち、こっちと案内してくれました。

＊

その日の昼頃、精鋭をすぐった大捕物陣が、犇々《ひしひし》と南部坂に取り詰めました。采配《さいはい》を揮ったのは与力の笹野新三郎、夜は曲者を逃がす惧《おそ》れがあるので、わざと林の中の捕物に真昼を選んだのは、銭形の平次の知恵だったのです。

取り囲んだのは、南部様下屋敷左隣に、僅かに垣を隔てて建った林中の庵《いおり》で、これが不思議なことに、下屋敷の中にある離屋と一対になった、恰好といい、場所の関係に、誰でも一度は南部様下屋敷の中の建物と間違えるように出来ていたのでした。

捕物は相当以上に骨が折れました。手負いを五六人も拵えて、兎に角一人残らず召捕ったのは一刻（二時間）ばかりの後。

主人の殿に扮したのは九戸政実《まささざね》の曽孫で九戸秀実《ひでざね》。ガラッ八を溝へ叩込んだ女はその妻綱手《つなで》、これは大変な女丈夫で、素姓を包んで南部家の奥に仕え、兵粮丸の機密を知って、幸い夫秀実の手に残っている福岡城以来の南部兵粮丸を種に、乾坤《けんこん》一擲《てき》の大芝居を打ったのでした。手を貸したのは諸方に浮浪していた一族の誰彼、南部家下屋敷の隣、昔数寄者《すきしゃ》が建ててその儘になっていた庵を手に入れて、ここまで仕事を運んだのを平次に見破られたのです。

「親分、本当にあの連中は謀叛《むほん》をする気だったのかい」

「いや、古い兵粮丸が手にあるのを幸い、その通りの物を作って、処法をさる大名に売り込むつもりだったのさ。話は大方極《きま》って、今晩取引というところを縛られたのは惜しかったろう。何しろ、南部の兵粮丸といえば少し山気《やまけ》のある大名ならどこでも飛びつくよ、三千両でも安いよ。南部坂に巣を構えて南部家に疑いを向けるようにしたのは、万一露見した時の用意、昔の九戸政実の怨《うらみ》を報いるつもりさ」

「へエ、三千両かい、あの薄黒い丸薬の法書が？」

「それにしても不愍《ふびん》な人間だ。名ある本草家の三人まで殺すというようなひどい事をしなきゃア、助けてやるんだが――」

「そうとも、お絹さんの敵《かたき》だ」

「手前、お絹さんと言うと夢中だが、あれだけは諦めろよ、高根の花だ」

「――」

二人は御納戸町の方へ歩いておりました。危うい命を助かって、弟綾之助《あやのすけ》の許に引取られて行ったお絹の様子を見に行くつもりだったのです。

お藤は解く

一

「平次、頼みがあるが、訊いてくれるか」

南町奉行配下の吟味与力《ぎんみよりき》笹野新三郎は、自分の役宅に呼び付けた、銭形の平次にこう言うのでした。

「ヘエ、――旦那の仰《おっ》しゃることなら、否《いや》を申す私ではございませんが」

平次は縁側に踞《うずく》まったまま、岡っ引とも見えぬ、秀麗な顔を挙げました。笹野新三郎には、重々世話になっている平次、今さら頼むも頼まれるもない間柄だったのです。

「南の御奉行が、事をわけてのお頼みだ、――お前も聞いたであろう、深川木場の甲州屋万兵衛が今朝人手に掛って死んだという話を――」

「ツイ今しがた、溜《たまり》にいる八五郎から耳打ちをされました。あの辺《へん》は洲崎の金六が縄張で――」

「それも承知で頼みたい。――甲州屋万兵衛は町人ながら御奉行とは別懇《べっこん》の間柄、一日も早く下手人を挙げたいと仰《おっ》しゃる――金六は一生懸命だが、なにぶんにも老人で、届かぬ事もあろう、すぐ行ってくれ」

「畏《かしこ》まりました」

吟味与力に頼まれては、嫌も応もありません。平次は不本意ながら、大先輩洲崎の金六と手柄争いをするつもりで、木場まで行かなければならなかったのです。

「八、手前が行くと目立っていけねえ、神田へ帰るが宜《い》い」

永代まで行くと、後から影の如く跟《つ》いて来る、子分の八五郎に気が付きました。

「帰れと言えば帰りますがね、親分、あっしがいなきゃア不自由なことがありますよ」

八五郎の大きな鼻が、浅い春の風を一パイに吸って悠々自惚《うぬぼれ》心を楽しんでいる様子です。

「馬鹿、大川の鷗《かもめ》が見て笑っているぜ」

「鷗で仕合せだ、――この間は馬に笑われましたぜ。親分の前だが、馬の笑うのを見た者は、日本広しといえども、たんとはあるめえ」

「呆《あき》れた野郎だ、その笑う馬が木場にいるから、甲州屋へ行く序《つい》でに案内しようという話だろう、落《おち》はちゃんと解っているよ」

「ヘッ、親分は見通しだ」

八五郎はなんとか口実を設けては、親分の平次に跟いて行く工夫をしているのです。

木場へ行くと、町内大きな声で物も言わない有様で、その不気味な静粛《せいしゆく》の底に、甲州屋の屋根が、白々と昼下りの陽に照されておりました。

「お、銭形の」

何心なく表の入口から顔を出した洲崎の金六は、平次の顔を見ると、言いようもない悲愴な表情をするのでした。

「ちょいと見せて貰いに来たよ、八の野郎の修業に――」

平次はさり気ない笑顔を見せます。

「笹野の旦那の言い付けじゃねえのか」

「とんでもない、旦那は兄哥《あにき》の腕を褒めていなさるよ、年は取っても、金六のようにありたいものだって」

「おだてちゃいけねえ」

金六は漸《よう》やくほぐれたように笑います。近頃むずかしい事件というと、八丁堀の旦那方が、すぐ平次を差向けたがるのは相当岡っ引仲間の神経を焦立《いらだ》たせていたのです。

「俺の手柄なんかにする気は毛頭ねえ。どんな事だか、ちょいと教えて貰えめえか」

「それはもう、銭形のが知恵を貸してくれさえすれば、半日で埒《らち》が明くよ。証拠が多過ぎて困っているところなんだから」

根が人の良い金六は、自分の手柄にさえケチを付けられなければ――といった心持で、気軽に平次と八五郎を案内しました。

店の中は、ムッとするような陰惨《いんさん》さ、この重っ苦しい空気を一と口呼吸しただけで、人間は妙に罪悪的になるのではあるまいかと思うようです。

二

木場の大旦那で、万両分限《ぶげん》の甲州屋万兵衛は、今朝、卯刻半《むつはん》（七時）から辰刻《いつつ》（八時）までのあいだに、風呂場の中で殺されていたのです。

取って五十、江戸一番の情知《わけし》りで、遊びも派手なら商売も派手、芸人や腕のある職人を可愛がって、四方八方から受けの宜《よ》い万兵衛が、場所もあろうに、自分の家の風呂場で、顔を洗ったばかりのところを、剃刀《かみそり》で右の頸筋を深々と切られ、凄まじい血の中に崩折れて死んでいたのです。

声を立てたかも知れませんが、風呂場は二重戸で容易に外へは聴えず、下女のおさめが行って見て、始めて大騒動になったのでした。

家族というのは本妻が五年前に死んで、奉公人からズルズルに直った＊妾《めかけ》のお直、――三十五という女盛りを、凄まじい厚化粧に塗り立てているのを始め、先妻の間に出来た一粒種の伜《せがれ》、万次郎といって二十三、親父の万兵衛が顔負けのする道楽者と、主人万兵衛の弟で、店の支配*をしている伝之助という四十男、それに、番頭の文次を始め、手代小僧、十幾人の多勢です。

「どんな証拠があるんで、金六兄哥《あにき》」

風呂場の血潮の中から、拾った剃刀《かみそり》や、さっき居間に運んだばかりの、万兵衛の死体を見ながら、平次はまず金六に当ってみました。

「人は見掛けに寄らないというが、――こんな騒ぎがあって驚いたことは、甲州屋の家の者で、主人の万兵衛を殺し兼ねない者が四五人はいるぜ」

「へエ――」

「世間体は良い男だったが、通人《つうじん》とか、わけ知りとかいう者は、大方こうしたものだろう。お互いに野暮ほど有難いものはねえ」

金六はすっかり感に堪えた姿です。

「どうしたんだ、洲崎の兄哥」

「妾のお直は二三日前から、出るの引くのという大喧嘩《おおげんか》だ。――万兵衛が他に女が出来て、それを家に入れようとしているんだ」

「なるほど」

「伜の万次郎は恐ろしい道楽者で、ゆうべも帰らなかったというが、今朝の騒ぎの後で気が付くと、二階の自分の部屋へ入って、グウグウ寝ていた」

「それから」

「番頭の文次は血の付いた着物をそっと洗っているところを、下女のおさめに見付けられ――」

「――」

「主人の弟の伝之助は、店を支配しているから、万兵衛が死ねば何万両の身代が自由になる、それに、内々の借金もかなり持っているそうだ、――第一、動きの取れない証拠は、万兵衛を殺した剃刀《かみそり》はこの伝之助の品で、家中の剃刀では一番よく切れる。伝之助は、逢ってみれば解るが、――恐ろしい毛深い男で、三日も髯《ひげ》をあたらないと山賊みたいになるから、自分の剃刀だけは人に使わせないように、町内の髪結床《*かみゆいどこ》の親方に磨《と》がせて、大切にしまい込んであるのさ」

「フーム」

「そのほか、一番先に死骸を見付けたのは下女のおさめで、その時はまだ万兵衛は息はあったというから、これとても下手人でないという証拠は一つもない」

「――」

「もう一人、万兵衛の幼友達で、今は蒔絵師《*まきえし》の名人といわれる、尾張町の藤吉の娘、お藤がいる。これは並大抵でない綺麗な娘だから、気の多い万兵衛がちょっかいを出していたかも知れない」

「その娘が何だって、こんな家へ来ているんだろう」

「行儀見習《ぎょうぎみならい》という名義だ、——俺の娘なら、こんな家で行儀なんか見習って貰いたくはねえよ」

「有難う。それで大方判った。風呂場を見て、それから一人一人逢わせて貰おうか」

平次は死体の側を離れてまだよく掃除していない風呂場を見ました。

三

中は惨憺たる碧血《へきけつ》、——検死が済んだばかりで、洗い清める暇もなかったのでしょう。

金六が説明した通り二重戸でここで大概の物音をさしても、店や、お勝手へは聴えなかったのも無理はありません。万兵衛は通人らしくたしなみの良い男で、外出でも思い立って、髯を剃《あた》りに入ったところを、後ろから忍び寄った曲者に、逆手《さかて》に持った剃刀で右の頸筋をやられたのでしょう。

風呂場の構えは大町人にしても立派で、外からのたった一つの入口は、用心よく内鍵《うちかぎ》で厳重に締めてあります。

「外から入りようはないな」

平次は自分へ言い聴かせるように駄目を押しました。

「その通りだ、下手人は家の中にいた者だ」

金六も解りきったことを合槌《あいづち》打ちます。

「親分、——今朝、朝飯が済んでから半刻（一時間）の間、主人の弟の伝之助はどこにいたか誰も知りませんぜ」

八五郎は早くも別の方面に手を付けて、最初の報告を持って来ました。

「よしよし、悪い事をする奴に限って、自分のいた場所などを、念入りに人に知らせておくものだ。伝之助は、馬鹿でなきゃア、潔白《けつぱく》だろう」

「へエ——」

こう言われると、勢込んだ八五郎もツイ気が抜けます。

「伜の今朝帰った姿を誰も見た者がないと言ったが、もう一度よく聴いてくれ。それから、みないつもの通り仕事をするように、と言ってくれ。あっちこっちへ固まって、コソコソ話しているのは、褒《ほ》めたことじゃねえ」

平次はそう言いながら、まだ念入りに家の中を見廻っております。

「支配人の伝之助は、兄哥に逢いたがっているぜ」

金六は店の方を指さしましたが、

「もう少し、——今度は外廻りを見よう」

庭下駄を突っかけて外へ出ると、庭から、土蔵のあたり、裏木戸の材木を漬けた堀、夥《おびただ》しい材木置場から、元の庭へ帰ってきました。

「伜の部屋はどこだろう。――どこの家でも、息子は一番良い部屋を取りたがるものだが――」

「あれだよ」

金六の指したのは、裏木戸から入って、見上げる形になった二階でした。厳重な格子がはまって、人のいる様子もありません。

「当人はどこにいるだろう」

と平次。

「親父が死んじゃ遊びにも出られない。つまらなそうな顔をして、先刻《さっき》まで店にいたが」

何という嫌な空気の家でしょう。

「銭形の親分さん、御苦労様でございます。洲崎の親分さんにもお願いしましたが、何とかして一日も早く、兄の敵を討って下さいまし」

たまり兼ねた様子で、主人の弟――支配人の伝之助は庭に迎えました。なるほど四十三四の青髯《あおひげ》、人相は凄まじいが、その割には腰の低い男です。

「お前さん、いつ髯を剃《あた》りなすったえ」

平次の問は唐突で予想外でした。

「ヘエ、三日前でございました。こんな騒ぎがなければ、今日は剃《あた》る筈でしたが――」

伝之助は恐縮した姿で頤《あご》を撫でております。

「剃刀はどこへ置きなさるんだ」

「風呂場の剃刀箱の中に入れております」

そんな事を訊いたところで、何の足しになりそうもありません。

四

次に平次が逢ったのは、番頭の文次でした。三十七八の狐のような感じのする男で、商売は上手かは知りませんが、決して人に好印象を与えるたちの人間ではありません。

「着物の血を洗っていたというが、そんな事をしちゃ、反《かえ》って変に思われるだろう」

平次の言葉は峻烈《しゅんれつ》です。

「へエ、――それも存じておりますが、血が付いていちゃ、気味が悪うございます」

「どうして付いた血だ」

「主人を介抱しようと思いましたので、へエ」

こう言ってしまえば何でもありませんが、平次は一脈の疑念が残っているらしく、番頭が向うへ行ってしまうと、ガラッ八に言い付けて、文次の身持と、金の出入、借金、貯金などのことを調べさせました。

三番目は妾のお直。

「親分さん、お手数を掛けて、本当に済みませんねえ」

主人が死んでも、化粧だけは忘れなかった様子で、帯の上を叩いて、こう流し眼に平次を見るといった、世にも厄介な人種です。

「お前さん、主人と仲が悪かったそうだね」

と平次。

「とんでもない、——主人は本当によく可愛がって下さいましたよ」

「二三日前から、出すとか、出るとかいう話があったそうだが」

「御冗談で——三月になったら箱根へ湯治《とうじ》に行く約束はしましたが、その話を小耳に挟んで、とんだことを言い触らした者があるのでしょう。本当に奉公人達というものは——」

自分が元奉公人だったお直は、二た言目には、このせりふが出るのでした。

「主人から貰う手当はどうなっているんだ」

「そんなものはございません。給金を貰えば奉公人じゃありませんか、——主人はよくそう申しました。この家をお前の家と思え、不自由なことや、欲しいものがあったら、何でも言うように――って、ホ、ホ」

隣の部屋に、その主人万兵衛の、怨《うらみ》を呑んだ死体のあるのさえ、お直は忘れている様子です。

最後に店から呼出されたのは息子の万次郎でした。――不眠と不養生と、酒精《しゅせい》で、眼の血走った、妙に気違い染みた顔は、馴れない者には、決して好い感じではありません。

「お前さんの、昨夜帰った時刻は、誰も知らないようだが、本当のところは、何刻《なんどき》だったろう」

平次は、穏やかですが、突っ込んだ物の訊きようをします。

「今朝でしたよ、辰刻《いつつ》（八時）頃でしょうか――」

「誰も見た者がないのはおかしいが――」

「親父が死んで、大騒動していたんで、気が付かなかったのでしょうよ。――私は真っ直《す》ぐに二階へ行って、昨夜から敷きっ放しの床の中に潜《もぐ》り込んでしまいました」

「誰にも見られないというのは可怪《おか》しい。それに、店にはお前さんの履物もなかったようだが」

平次はひと押し押してみました。

「雪駄《せった》はいつでも二階へ持って行きますよ。店へ置くと誰かに突っかけられて叶いませんん」

それはありそうなことでしたが、二階へ雪駄を持って行くのは、決して良い趣味ではありません。

が、金六が飛んで行ってみると、雪駄――新しい泥の着いたのが、二階の格子の内に、間違いもなく裏金を上にして並べてありました。

丁度そんな事をしているところへ、ガラッ八の八五郎が帰ってきたのです。

「親分、大変なことを聞き込みましたよ」

「何だ、八？」

「支配人の伝之助が、小僧を使いにやって、三百両の現金《げんなま》を持ち出していますよ」

「何時《いつ》だ、それは？」

「今日、――それも二た刻（四時間）ばかり前」

「フーム」

「日頃、兄の物真似で、遊びが激しいから借金こそあれ、金のある筈はない伝之助です。それが今日に限って三百両も持ち出させたのは不思議じゃありませんか」

これは幾通りにも考えられますが、いちばん通俗な解釈は、騒ぎの大きくなる前に、兄を殺してくすねておいた金を持ち出させ、火の付くように催促《さいそく》されている借金の一と口だけでも、免れようというのでしょう。一番小さい小僧に持ち出したのは思い付きですが、権柄ずくで物を言い付ける習慣がついているので、うっかり心付けをしておかなかったのが、ガラッ八如《ごと》きにしてやられる、重大な失策になったのです。

「野郎、神妙にせい、兄などを殺して、太《ふ》てえ奴だ」

洲崎の金六は、もう伝之助を引立てて来ました。まだ縄を打ったわけではありませんが、物馴れた鋼鉄のような手が伝之助の手首をピタリと押えているのです。

五

「あッ、それは間違いです。叔父さんは、下手人じゃありません」

美しい声――少しうわずっておりますが、人の肺腑《はいふ》に透るような、一番印象づける美しい声と共に、十八九の娘が飛込んで来ました。

「お前はお藤、――こんな場所へ入っちゃならねえ」

金六はそう言いながらも、眼は言葉の調子を裏切って、微笑を湛《たた》えております。この娘だけが、甲州屋中での、美しい明るい存在だったのです。

「でも、みすみす間違いをするのを見てはいられません」

娘は全身を金六と平次の前へ晒《さら》しました。死んだ主人万兵衛の幼友達、江戸一番と言われた蒔絵《まきえ》の名人、尾張町の藤吉の娘のお藤というのはこれでしょう。

若く美しく健康と幸福を撒き散らして歩くような娘で、この陰惨な家には、一番似つかわしくない存在でもあります。それだけにまた、主人万兵衛が可愛がってもいたのでしょう。

「間違いとは何だ、お藤」

と金六。

「でも、伝之助叔父さんは店中で知らぬ者のない左利きで、箸と筆を右に持つのが不思議なくらいです。旦那様の疵《きず》は、右の頸筋で、後ろから右手に剃刀を持って斬ったのでしょう。――そんな事が出来るものですか、伝之助叔父さんは、右手に刃物を持つと、紙も切れないくらいなんです」

「――」

「それに、伝之助叔父さんはあの時、土蔵《くら》の中に入っていました」

「えっ、お前はどうしてそれを？」

驚いたのは金六――いや、それよりも驚いたのは伝之助自身でした。

「朝の御飯が済むと、そっと入って、半刻（一時間）ばかり何かしていました。多分、お金を取り出したのでしょう。金箱の鍵はむずかしいから、旦那でないと、なかなか開かないそうです」

お藤の言葉には、寸毫《すんごう》も疑いを挟む余地はありません。

「それは本当か、伝之助」

と金六。

「面目次第もございません。——今日に迫った内証の払い、どう工面《くめん》しても三百両とは纏《まとま》らなかったので、兄には済まないと思いましたが、朝の忙しいところを狙って、そっと蔵の中に忍び込み、違った鍵と釘で大骨折りで金箱を開け、三百両取出したに相違ございません。その証拠は、開けるにはどうやら開けましたが、あとを閉める工夫《くふう》が付かないので、金箱はそのまま錠《じょう》をおろさずにあります」

打ち萎《しお》れた伝之助に嘘がありそうもありません。

「三百両はどこへやった」

「そのうちに兄が殺されて、家中が騒ぎになりました。金を持っていると疑われる基《もと》ですが、私が出掛けるわけにも参りません。工夫に余って、口の堅い、一番小さい小僧に八幡前まで持たしてやりました。——金を取り出したのは悪うございますが、兄を殺《あや》めるような私ではございません」

なんということでしょう。平次の明智を働かせるまでもなく、たった十九のお藤が、即座に伝之助に掛る疑いを解いてしまったのでした。

次は、誰でしょう。

六

「親分、この野郎が逃げ出しましたよ」

ガラッ八の八五郎が、番頭の襟髪を取って引立てて来たのはもう申刻《ななつ》(午後四時)を廻る頃でした。

「何だ、文次じゃないか」

金六は飛付くと、八五郎の手からもぎ取るように、その顔を挙げさせます。

「――」

青いやるせない顔と、狐のようなキョトキョトした態度は、金六の心証を、最悪の方面へ引摺《ひきず》り込みます。

「何処へ逃げるつもりだ、――手前《てめえ》覚えがあるだろう」

「――」

「白状して、お上のお慈悲を願え、馬鹿野郎」

金六の腕は、腹立ち紛れに、文次の胸倉を小突き廻します。

「私は何にも知りません」

「知らない者が逃げ出すかい、太い野郎だ、――着物の血を洗ったと聞いたときから変だとは思ったがまさか逃げ出すとは思わなかった。とんでもねえ奴だ」

　金六はすっかりムキになります。

「金六兄哥《あにき》、その番頭は少し臆病過ぎはしないか、——顫えてるじゃないか」

　平次は注意しましたが、金六いっかな聴くことではありません。

「芝居だよ、これは。悪者もこれくらい*劫《ごう》を経ると、いろいろな芸当をする」

　金六は双手を掛けてさいなみ始めました。

「親分さん、——こんな事を言っちゃ悪いでしょうか」

　お藤はたまりかねた様子で、薄暗い部屋の中へ、邪念《じゃねん》のない——が、おろおろした顔を出します。

「お藤さん、構わないから、思い付いた事はみな言ってみるが宜《よ》い、——とんだ人助けになるかも知れない」

　平次は精一杯の柔かい調子で、この聡明そうな処女《おとめ》を小手招ぎました。

　奉公人にしては贅沢な銘仙の袷《あわせ》、赤い鹿の子の帯を締めて洗ったばかりらしい多い髪を、無造作に束ね、脅《おび》えた小鳥のように逃げ腰で物を言う様子は、不思議な魅力を撒き散らします。

「文次どんは下手人じゃありません。お店から一寸《ちょっと》も動かなかったんですもの」

「それだけか」

「それに、洗った着物の血は裾《すそ》へ付いておりました。後ろから旦那を斬ったのなら、返り血は顔か肩か胸へ付く筈です。あれはやはり騒ぎに驚いて駆けつけた時、裾へ付いた血です」

「――」

「文次どんは、店中の評判になっているほど臆病なんです。着物の血を洗ってとがめられたので、すっかり脅えて、今度は縛られるに相違ないと思い込んだんでしょう。――逃げ出したのは、この人の臆病のせいで、旦那を殺したためじゃありません。嘘だと思うなら、店の手代、小僧さん達に聞いて御覧なさい。――文次さんは御飯の後で店から少しも動かないのは、私もよく知っております」

銭形平次に一句も言わせないような明察です。この不思議な娘の弁護を、文次はなんと聴いたでしょう。金六の逞《たく》ましい腕の下にさいなまれながらも、両手を合せて、ボロボロと泣いているのでした。

「娘さんの言う通りだ。金六兄哥、その番頭さんは人を殺せないよ」

と平次。

「チェッ、忌々しい野郎だ」

金六は突き飛ばすように、文次を放してやりました。

七

「銭形の、これじゃどうにもなるまい、一度引揚げるとしようか」

家中に灯が入ると、年寄の金六は、里心が付いたように、こう言うのでした。

「いや、もうひと息だ。――俺は何だか、次第に解《わか》ってくるような気がする」

平次は少し瞑想的になっております。

店の次の八畳、古い道具の多い部屋ですが、灯が点《つ》くと、それでも少しは華やかになります。

「八、お直を呼んでくれ」

「合点」

八五郎は柄に似合わず軽快に飛んで行くとまもなく妾のお直を伴れて――いや、お直に引摺られるように入って来ました。

「お前さんの手文庫《てぶんこ》の中から、小判で二百三十両ほど出てきたが、あれはどうした金だい」

平次はこの念入りに化粧した顔を、出来の悪い人形でも見るような冷淡な眼で、ツクヅク眺め入りながら問いかけました。

「私の小遣ですよ」

「大層多いようだが——」

「でも、あれくらいは持っていないと心細いでしょう。ホ、ホ」

隣室に万兵衛の死骸のあることを、この女はまた忘れた様子です。

「お前さんは万兵衛と喧嘩をしていた、どうかしたら近いうちに捨てられたかも知れないぜ——」

「冗談でしょう、親分さん」

「お前は、この家の跡取《あととり》の万次郎とは仲が悪かったそうだね」

平次は話題を一転しました。

「継《まま》しい仲ですもの、それはね——」

白粉の首を襟に埋めて、妙に感慨無量なポーズになります。

「主人には嫌われ、息子とは仲が悪い、——お前の行くところはなくなっていた」

「そんな事はありませんよ、親分」

「それじゃ訊くが、今朝は主人と睨み合って朝飯もそこそこに、どこかへ姿を隠したそうだが、——あの騒ぎの起るまで四半刻（三十分）ばかりの間、どこにいなすった」

「私の部屋ですよ」

「誰か見ていたのか」

「いえ」

「誰も見ないとすると、自分の部屋にいたか、湯殿にいたか判るまい」

「親分、そりゃ可哀想じゃありませんか。私は、そんな大それた女じゃありません」

「気の毒だが、疑いはみなお前の方へ向っている」

「そんな、そんな、馬鹿なことがあるものですか、私は口惜しいッ」

お直はとうとう泣き出してしまいました。白粉の凄まじい大崩落《だいほうらく》、春雨《はるさめ》に逢った大雪崩《なだれ》のようなのを、平次は世にも真顔で凝《じ》っと見詰めております。

「親分さん、――それじゃア、お直さんが可哀想じゃありませんか、そんなにいじめて――」

お藤は見兼ねた様子で、また入って来たのです。

「お藤さんか、気の毒だが、主人殺しはこの女よりほかにない」

「いえ、大変な間違いです。お直さんは良い人です。――それに旦那が死ねば、この先お直さんの面倒を見てくれる人がありません、万次郎さんとは仲が悪いし」

お藤はやはり一番壺にはまった事を言いました。

「で――？」

「家中の者がみな疑われても、お直さんだけには、疑いが掛らない筈です」

「居間に一人でいたのを誰も見た者はない」

「それだけは嘘です、親分さん、――聴いて下さい。お直さんはあの時、裏口で私と愚《ぐ》痴《ち》を言っていたんです。御飯の後四半刻（三十分）ばかり、旦那の事をかれこれ言ったので、中上げ難《にく》かったのでしょう、――ねえ、お直さん」

「――」

お直はうなずきました。一言も口はききませんが、その眼には、感謝らしい光が動きます。

「御飯の後、あの騒ぎのあるまで、私とお直さんは一緒でした。どんな事があっても、お直さんだけは下手人じゃございません」

屹《きっ》としたお藤の顔、その美しさも格別ですが、人に疑わせるような陰影は微塵もありません。

八

「こいつは驚いた、――外から曲者が入った筈がなし、家の者であやしいと思ったのが、一人一人無実だとすると、下手人はお前さんよりほかにないぜ」

ガラッ八の無作法な指が、お藤の胸を真っ直《す》ぐに指しました。

「馬鹿、なんと言うことをぬかす。――もう一人、一番怪しいのがいるじゃないか、若旦那を連れて来い」

　平次は少し機嫌を損ねております。黙ってうな垂れるお藤――自分の出過ぎた態度を後悔している様子が、いかにもいじらしい姿でした。

「私はあっちへ参りましょう」

　と、お藤、もう立ちかけているのを、

「いや、いて貰った方が宜《よ》い」

　平次はそう言って押えながら、一方若旦那の万次郎を迎えました。

「お前さんの帰った姿を見たものがないと、少し話が面倒になるが――」

「へエ――、驚いたなア、そんな事で親殺しにされちゃ叶わない」

　宿酔《ふつかよい》も醒めて、万次郎もさすがに閉口した様子です。

「朝のうちで、誰も店にいない時というと、飯時よりほかにない。その時そっと入って、風呂場へ行っても、気の付く者はない筈だ」

　平次の論告は、相変らず峻烈でした。いつもの、出来るだけ人を罪に落さないようにする調子とは、何という違いでしょう。

「そんな事が出来るものですか、とんでもない」

　万次郎もさすがに腹に据えかねた様子です。

「お前さんは、親旦那と仲が悪かった、――その上悪所*通いの金にも詰っている」

「――」

「親旦那が亡くなれば、この身代が自分の物になった上、馴染《なじみ》の神明芸者お染を入れても、誰も文句を言う人はない」

「えッ、黙らないか。岡っ引だからと思って聴いていると、なんて事を言やがるんだ。この万次郎は、深川一番の不孝者だが、まだ親殺しをするほどの悪党じゃねえ」

気の勝った万次郎、昨夜の酒が激発したものか、思わず平次に喰ってかかります。

「万次郎さん、――お願いだから、そんなに腹を立てないで下さい。銭形の親分さんは、お上の御用で仰しゃるんじゃありませんか、――少しくらいは極りが悪くても、今朝も暁方《あけがた》に帰ってきて、物置の梯子《はしご》から屋根へ飛付き、格子を外してそっと入った事を話してしまった方がよくはありませんか」

「――」

万次郎は黙ってお藤の方を見やりました。

「二階からは、お勝手にいる人達に顔を見られずに、風呂場へ入れません。――いつものように、旦那に小言を言われるのが嫌さに、暁方帰ってきて屋根伝いに二階へ入った事さえ言ってしまえば、何でもないのに」

お藤に素《す》っ破抜《ぱぬ》かれると、万次郎はそれに抗《さか》らう気力もなく、がっくり首を落して、平次の前に二つ三つお辞儀をしました。

「どうも済みません、ツイ向っ腹を立てて、これが私の悪い癖で――」

「正直者は腹を立て易いよ、――お藤さんの言うのに間違いはあるまいね」

「へエ――」

平次はこう解ると、我意を得たりといったように莞爾《にっこり》とするのでした。

「冗談じゃないぜ、親分、殺し手がなくなった日にゃ、引込みがつかないじゃないか」

「八、俺にはよく解ったよ、これは自害でなきゃ鎌鼬《*かまいたち》かも知れないよ」

平次はこんな事を言うのです。

「風呂場は外から鍵が掛っていたそうですよ親分、自殺した者がそんな芸当が出来るでしょうか」

「騒ぐな八、今によく解る。とにかく、若旦那の部屋を見せて貰いましょう、――それから後で、下女の何とかいうのと、お藤さんの荷物を見せて貰いましょう」

平次は立上ると、金六と八五郎と万次郎を従《したが》えるように、若旦那の部屋――裏二階へ登りました。灯を点《つ》けてみると、なるほど格子は楽に外せて、屋根からすぐ物置の梯子に足が届きます。雪駄《せった》に付いている泥が、屋根と梯子に付いていないのが不思議といえば唯一つの不思議ですが――

「金六兄哥――俺は若旦那の通った道を行って見て来る、兄哥は若旦那や八といっしょに、ここで待って貰いたいが――」

「宜《い》いとも――」

「少し長くなるかも知れないが心配しないように頼むぜ」

平次は言い捨てて、屋根から梯子へ、それから静かに裏庭へ降り立ちました。

四方《あたり》はすっかり暗くなって、お勝手の方からは竈《かまど》の灯がゆらゆらと見えるだけ、この騒ぎで、今晩は風呂も立たず、奉公人一同は、店の方に集まって小さくなっている様子です。

九

「あッ」

お藤は思わず悲鳴を――いや悲鳴というよりは、もっと深刻《しんこく》な、小さな叫びをあげました。

「お藤さん、――焼く物はそれでみんなか」

「――」

誰もいないお勝手、竈《かまど》で書いたものを焼いていると、いきなり、後ろへ銭形平次が立っていたのです。二人の顔は近々と逢いました。お藤の顔は火のような怨《うらみ》に燃えましたが、平次の静かな瞳に見詰められると、その激しさが次第に解けて、いつの間にやら、赤ん坊のように泣きじゃくっていたのです。

涙に濡れた青白い頬、その平面《ひらおもて》をカッと竈の火が照して言いようもなく悩ましいのを、平次は手を挙げて招きました。

「こっちへ来るが宜い、――ここでは人に聴かれる」

お藤は立ち上がると、フラリとよろけましたが、やがて心を押し鎮めたものか、平次の後に従いました。

薄寒い二月の夜、月が町家の屋根の上から出かかって、四方は金粉《きんぷん》を撒いたような光が薫《くん》じます。

「お藤、――俺にはみな解っている、が、言わなければ本当にしないだろう。ここへ掛けて聴くが宜い、俺の話が済んだら、お前にも訊くことがある」

「――」

お藤は黙って捨石の上に腰をおろしました。

「お前は風呂場へ入って行って、主人の万兵衛に我慢のならない事をされた。で、思わず側の箱から伝之助の剃刀《かみそり》を取上げて、万兵衛の頸筋を斬った、――お前はすぐ飛出した。まさか万兵衛が、あんな創《きず》で死ぬとは思わなかったろう――」

「いえ、――死んでくれれば宜いと思いました」

お藤は始めて口を開きました。

「よしよし、それならそれにしておこう、まもなく死体が見つけられると、お前は逃れるだけ逃れようと思った。——気が付くと後ろから斬った時、万兵衛がふり返ったので、お前の髪へ少しばかり返り血が掛った。あの騒ぎの中に、お前は髪を洗ったろう、お前の髪が濡《ぬ》れているので俺は気が付いたよ、が、お前はどう見ても悪人らしくはない」

「——」

「俺はわざと、いろいろの人を疑った。伝之助が危くなるとお前はたまりかねて飛出して助けた」

「——」

「番頭の文次が危なくなると、またじっとしてはいられなかった——お前は自分の罪を人に被《かぶ》せることの出来ない人間だ」

「——」

「お直が疑われた時は、お前はお直といっしょに、裏口で四半刻(三十分)も話していたと言った、が、あれは嘘だ、お直はやはり自分の部屋にいたが、俺に問い詰められると、誰も見ていた者がないので言い訳が出来なかった。あの女は賢《かしこ》くないから、お前が自分の疑われる時の用意に、裏口で二人話していたと言うと、喜んでそれに合槌《あいづち》を打った。お前はお直を救うといっしょに、自分も救うつもりであんな細工《さいく》をしたのだろう。お前大概の者は騙されるかも知れないが、そう言わせるように仕向けた俺は騙せない。お前の細工に合槌を打ったことは、お直の開け放しの顔を見ただけでも解る」

「――」

恐ろしい平次の明智に打ちひしがれて、浅墓《あさはか》な細工をした自分が恥かしくなったのでしょう。お藤は黙って首を垂れました。美しい月の最初の光りが、この血に染んだ処女《むすめ》を、世にも浄らかな姿に照し出しております。

「お前は裏口に四半刻もいたと言ったくせに、文次が店から動かないのを見たと言った。裏口から店は見えない筈だ。それから伝之助が蔵へ行っているのを見たと言った。それも嘘だ。裏口からは蔵の戸前が見えない、風呂場からはよく見えるが――」

「――」

「若旦那の万次郎も、親殺しの疑いを言い解く道がなくなるとお前は助け舟を出した。万次郎が時々父親の目を盗んで屋根から入るのを知って今朝も屋根から入った、――風呂場の前は通らないからと言った、が、それは嘘だ。咋夜の雨で雪駄の裏はひどく泥《どろ》がついてるが、梯子にも屋根にも泥はない。今朝に限って万次郎は店から入っている」

「――」

「お前が万兵衛を殺したのは何のためかわからない、が、多分貧乏で名高いお前の父親が、若い時の友達だった万兵衛に、金の事で苦しめられているのだろう。――お前の荷物を調べると言ったのは、何か証拠《しょうこ》が欲しかったのだ。いや、――お前の証拠を隠すところを見たかったのだ」

「――」

「竈《かまど》で焼いたのは何だ」

「――」

「借金の証文か」

「いえ」

お藤は観念しきった顔を上げました。

十

「何だ、言ってくれぬか」

と平次。

「親分さん、私を縛《しば》って下さい。私は親の敵を討ったのですが、――人一人殺して助かろうとは思いません」

お藤は静かに立ち上がると、自分の手を後ろに廻して、平次の側へ寄ったのです。

「親の敵?」

「母の敵――、あの万兵衛は鬼とも蛇ともいいようのない男でした。父と幼友達なのに、父が江戸一番の蒔絵師《まきえし》といわれ、後の世まで名が残るほどの仕事をしているのを嫉《ねた》み、自分はこんなに身上が出来ているのに、長い長い間企《たく》らんで、父をひどい目に逢わせました」

「――」

「要らないというお金をうんと貸して、十年も放っておいた上、利息に利息を付け、とても払えそうもない額《たか》を、三四年前になって不意に払えと言い出したのです」

「なるほど」

「万兵衛は、父と若いとき張り合った母を横取りするのが目当でした。私の口からは申されませんが、三年前、母は万兵衛の罠《わな》に落ちて、とうとう自殺してしまいました」

「――」

「それにも懲《こ》りずに、こんどは私を奉公によこせという難題です。――証文が入ってるので、父にもどうにもならず、去年の暮からこの家へ行儀見習という名目で来ておりますが、万兵衛は、間がな隙がな、私を――」

「よし、解った。手籠めにされそうになって、ツイ剃刀《かみそり》で斬ったのだろう」

「いえ敵を討ちたい心持で一パイでした」

「焼いたのは証文か」

「え、――それから母の手紙」

「――」

「親分さん、私を縛って下さい」

お藤はもう泣いてはいませんでした。観念の顔を挙げると月がその美玉の清らかさを照して、平次の眼にも神々しくさえ見えます。

「俺には縛れない、――俺が黙っていさえすれば、これは江戸中の御用聞が来て洗い立てても解る道理はない。――宜いか、お藤、俺の言う事を聴くのだぞ。こんな家に一刻もいてはならぬ。子分の八五郎に送らせるから、この足ですぐ父親のところへ帰れ。御用聞冥利《みょうり》に、お前を助けてやる」

「――」

「それから、誰にも言うな、この平次は御用聞だが、親の敵を討った孝行者を縛る縄は持っていない。宜いか、お藤」

「親分さん」

平次に肩を叩かれて、お藤は身も浮くばかりに泣いておりました。そのわななく洗い髪を照して、なんという美しい春の月でしょう。

＊

八五郎にお藤を送らせ、金六には別れを告げて、平次は八丁堀の役宅に、与力笹野新三郎を訪ねました。

「どうだ、平次、下手人は解ったか」

笹野新三郎は、この秘蔵の御用聞の手柄《てがら》を期待している様子です。

「平次一代の不覚、――下手人は挙がりません。お詫《わび》の印、十手《じって》捕縄を返上いたします」

平次はそう言って、懐中から出した銀磨の十手と、一括《ひとふり》の捕縄を笹野新三郎の前に差出しました。

「また何か縮尻《しくじり》をやったのか、仕様のない男だ――まア宜い、奉行所の方は、鎌鼬《かまいたち》にしておこう」

「鎌鼬は剃刀を使いません」

「それでは自害か――自害に下手人のある筈はない、十手捕縄の返上は筋が立たぬぞ」

「ヘエ――」

「ハッ、ハッ、ハッ、困った男だ」

笹野新三郎は笑いながら背《そびら》を見せました。昔の捕物にはこういった馬鹿な味があったものです。

「親分、あの娘はたいした代物《しろもの》だね。あんなのは滅多にねえ、――何だか知らないが父親と手を取り合って泣いていたぜ」

尾張町から帰ってきたガラッ八、八丁堀の役宅門前で平次に逢ったのです。

迷子札

一

「親分、お願いがあるんだが」

ガラッ八の八五郎は言い憎そうに、長い顎《あご》を撫でております。

「またお小遣いだろう、お安い御用みたいだが、たんとはねえよ」

銭形の平次はそう言いながら、立ち上がりました。

「親分、冗談じゃない。またお静さんの着物なんか剝《は》いじゃ殺生だ。――あわてちゃいけねえ、今日は金が欲しくて来たんじゃありませんよ。金なら小判というものを、うんと持っていますぜ」

八五郎はこんな事を言いながら、泳ぐような手付きをしました。うっかり金の話をすると、お静の髪の物までも曲《ま》げかねない、銭形平次の気性が、八五郎にとっては、嬉しいような悲しいような、まことに変てこなものだったのです。

「馬鹿野郎、お前が膝っ小僧を隠してお辞儀をすると、いつもの事だから、また金の無心と早合点するじゃないか」

「ヘッ、勘弁しておくんなさい――今日は金じゃねえ、ほんの少しばかり、知恵の方を貸して貰いてえんで」

ガラッ八は掌の窪《くぼ》みで、額をピタリピタリと叩きます。

「何だ。知恵なら改《あらた》まるに及ぶものか、小出しの口で間に合うなら、うんと用意してあるよ」

「大きく出たね、親分」

「金じゃ大きな事が言えねえから、ホッとしたところさ。少しは付き合っていい心持にさしてくれ」

「親分子分の間柄だ」

「馬鹿ッ、まるで掛合噺《かけあいばなし》みたいな事を言やがる、手っ取り早く筋を申上げな」

「親分の知恵を借りてえというのが、外に待っているんで」

「誰方《どなた》だい」

「大根畑の左官の伊之助親方を御存じでしょう」

「うん――知ってるよ、あの酒の好きな、六十年配の」

「その伊之助親方の娘のお北さんなんで」

ガラッ八はそう言いながら、入口に待たしておいた、十八九の娘を招《しよう》じ入れました。

「親分さん、お邪魔をいたします。――実は大変なことが出来ましたので、お力を拝借に参りましたが――」

お北はそう言いながら、浅黒いキリリとした顔を挙げました。決して綺麗ではありませんが、気性者《きしようもの》らしいうちに愛嬌があって地味な木綿の単衣《ひとえ》も、こればかりは娘らしい赤い帯も、言うに言われぬ一種の魅力でした。

「大した手伝いは出来ないが、一体どんな事があったんだ、お北さん」

「他じゃございませんが、私の弟の乙松《おとまつ》というのが、七日ばかり前から行方不知《ゆくえしれず》になりました」

「幾つなんで」

「五つになったばかりですが、知恵の遅い方で何にも解りません」

「心当りは捜したんだろうな」

「それはもう、親類から遊び仲間の家まで、私一人で何遍も何遍も捜しましたが、こちらから捜す時はどこへ隠れているのか、少しも解りません」

お北の言葉には、妙に絡《から》んだところがあります。

「捜さない時は出て来るとでも言うのかい」

「幽霊じゃないかと思いますが」

賢《かしこ》そうなお北も、そっと後を振り向きました。真昼の明るい家の中には、もとより何の変ったこともあるわけはありません。

「幽霊？」

「ゆうべ、お勝手口の暗がりから、――そっと覗いておりました」

「その弟さんが？」

「え」

「おかしな話だな、本物の弟さんじゃないのか」

「いえ、乙松はあんな様子をしている筈はありません。芝居へ出て来る先代萩《＊せんだいはぎ》の千松のように、袂《たもと》の長い絹物の紋付を着て、頭も顔もお稚児《ちご》さんのように綺麗になっていましたが、不思議なことに、袴《はかま》の裾はぼけて、足は見えませんでした」

お北は気性者でも、迷信でこり固まった江戸娘でした。こう言ううちにも、何やら脅《おび》やかされるように襟をかき合せて、ぞっと肩を竦《すく》めます。

「そいつは気の迷いだろう――物は言わなかったかい」

「言いたそうでしたが、何にも言わずに見えなくなってしまいました」

「フーム」

平次もこれだけでは、知恵の小出しを使いようもありません。

「私はもう悲しくなって、いきなり飛出そうとすると、父親が――あれは狐か狸だろう、乙松はあんな様子をしている筈はないから——って無理に引き止めました。一体これはどうしたことでしょう、親分さん」

弟思いらしいお北の顔には、言いようもない悲しみと不安がありました。七日の間、相談する相手もなく、何彼《なにかれ》と思い悩んだことでしょう。

「お袋さんは？」

「去年の春五十八で亡くなりました。——それから父《とと》さんはお酒ばかり呑んで、乙松が行方不知になっても一向心配をする様子もなく——江戸の真ん中を『迷子の迷子の乙松やい』と鉦《かね》や太鼓で探して歩けるかい、馬鹿馬鹿しい——なんて威張ってばかりおります」

「父《とっ》つぁんの伊之助親方は、たしか六十を越した筈だし、お袋さんが五十八で去年亡くなったとすると五つになる子があるのは少し変じゃないか、お北さん」

「拾った子なんです」

「そうか——それで親方は暢気《のんき》にしているんだろう」

「でも、私が小さい時なんかとは比《くら》べものにならない程可愛がっていました。今度だって口では強いことを言っても、お酒ばかり呑んでいるところを見ると、心の中では、どんなことを考えているか判りゃしません」

お北の言葉で、次第に事件の輪郭《りんかく》が明らかになって行くようです。

「その子の本当の親元はどこなんだい」

と平次、これは肝心の問いでした。

「それが解りません。五年前の夏、天神様の門の外で拾ってきた——と言って、白羽二重の産衣《うぶぎ》に包んで、生れたばかりの赤ん坊を抱いてきましたが、赤ん坊に付いていたお金は少しばかりではなかった様子で、あちこちの借りなど返したのを、私は子供心に覚えております」

「伊之助親方は知っているだろうな——八、こいつは一向つまらない話らしいぜ、手前《てめえ》の知恵でも埒《らち》が明きそうだ、やってみるがいい」

平次は黙って聴き入る八五郎を顧《かえり》みます。

二

それから二日目、平次が新しい仕事に喰い付いていると、気のない顔をしてガラッ八は、帰ってきました。

「何をニヤニヤしているんだ、乙松《おとまつ》の行方《ゆくえ》が解ったのか」

と平次。

「面目ねえが、何にも判りませんよ」

「それが面目のない面《つら》かい」

「これでも精々萎《しお》れているつもりなんだが、どうも可笑《おか》しくてたまらないんで」

「何が可笑しい」

「二日二た晩、伊之助親方と呑んでいたんだが、酒ならいくらでも呑ませるくせに、あの話となるとどうしても口を開かねえ、あんな頑固《がんこ》な爺《おやじ》は滅多にありませんね、親分」

「放って置くんだな、幽霊退治はもうたくさんだ」

「でもお北坊が可哀想ですよ、母親の亡くなった後は、身一つに引き受けて世話をしたんで、泣いてばかりいますよ」

「いやにお北の事となると思いやりがあるんだね」

「冗談でしょう、親分」

そう言いながらもガラッ八が赧《あか》くなったのです。平次はそれを世にも面白そうに眺めやるのでした。

「だって、乙松は殺された様子もなく、肝心の親父が呑んでばかりいるようじゃ、この仕事はお北坊のお守にしかならないよ、俺は御免を蒙《こうむ》ろう」

「でも親分は、知恵なら貸す筈だったじゃありませんか」

「止しだ、金なら馬に喰わせるほどあるが、今日は知恵が出払ったよ」

「――」

「なア、八、こいつは伊之助親方が承知の上でしている事なんだ。乙松は生みの親の手許に帰って、伊之助は纏《まとま》った礼を貰ったのさ、余計な事をするだけ野暮だ。お北坊には可哀想だが、放って置くがいい」

「だって親分」

「多分馴れ合いの若いのが、親の許さない子を産んでよ、始末に困って捨てたんだろう。後で親が死ぬか何かして、幸い子供の拾い主も判っているから、金をやって取戻したのさ――この筋書に外《はず》れっこはねえよ。詮索《せんさく》したところで、戻る子供じゃねえ。それよりは、可愛がってくれる亭主でも捜してよ、早く身を固めるように――とお北に言ってやるがいい。ここにも一人可愛がってくれ手がありそうじゃないか。ネ、八」

「――」

八五郎は少し斜《ななめ》になって、プイと外へ出てしまいました。この上お北のために、働いてやる工夫のないのが、淋しくも張り合いのない様子です。

がそれから三日目、江戸の初夏が次第に薫《かん》ばしくなったころ、お北は顔色変えて飛込んで来ました。

「親分さん、父《とと》さんが、大変」

「どうした、お北さん」

「死んでいるんです」

「何？」

「昨夜《ゆうべ》とうとう帰らなかったんで。酔っても外へ泊った事のない人ですが――、不思議に思っていると、今朝格子の中に冷たくなって転げていました」

「卒中《そっちゅう》じゃないか」

「いえ、斬られているんです」

「何？　人手に掛ったのか――そいつは大変ッ」

平次は立ち上がって支度をしております。

「ね、親分、だから言わないこっちゃねえ」

とガラッ八。

「殺されるのが判りゃ俺は占《うらな》いを始めるよ。文句を言わずにお北さんと一足先に行くがいい」

「それでは親分さん」

二人は飛んで行きました。

三

平次はなんとなく苦い心持でした。八五郎へはポンポン言いましたが、せめて三日前に乗出して、伊之助を警戒していたら、命までは奪《と》られずに済んだかも知れない——といった淡い悔恨がチクチク胸に喰い込むのです。

——よしッ、あの娘のために、ひと肌脱いで、敵を討ってやろう——

大根畑の伊之助の家へ着くころまでには、何遍も、何遍も、自分へそう言い聞かせているのでした。

伊之助は少し変り者で、あまり付き合いがなかったものか、この騒ぎの中にも、集まっているのはほんの五六人、叔母のお村が采配を揮《ふる》って、どうやらこうやら、遺骸を奥へ移したところです。

奥といったところで、たった二た間の狭い家、手習机の上に線香と水を並べて、伊之助の死骸は、その前に転がしたというだけのことです。

「親分さん、この通りの姿になりました。敵《かたき》を討って下さい」

気性者らしいお北も、急にこの世へたった一人残されたと判ったように、沁々《しみじみ》と涙をこぼしました。

冠《かぶ》せた半纏《はんてん》を取ると、後ろから袈裟掛に斬られた伊之助は、たった一刀の下に死んだらしく、＊蘇芳《すおう》を浴びたようになっております。

「凄い手際ですね、親分」

ガラッ八は後ろから首を長くしました。

「*据物斬《すえものぎり》の名人だろう。藁束《わらたば》の気で人間を切りやがる」

平次もなんとなく暗い心持でした。町方の御用聞の平次には、自分では指もさせないだけに、武家の切捨御免が癪《しゃく》にさわってたまらなかったのです。

「辻斬りでしょうか」

「いや、――辻斬りが死骸を家まで持ってくる筈はない」

「物盗り?」

八五郎は日頃平次に仕込まれた通り、一応常識的な疑いを並べます。そのくせ腹の中には、そんな手軽なものじゃあるまいといった、直感らしいものが根を張っているのです。

「何にも盗《と》られた様子はありません。見れば、財布もあるようですし」

涙の隙からお北は言います。

「八、財布の中を見てくれ」

八五郎は紅に染んだ死骸の首から、財布の紐《ひも》を外しました。死んだ女房が夜業《よなべ》に縫ってくれたらしい縞《しま》の財布の中には、青銭が七八枚と、小粒で二分ばかり、それに小判が一枚入っているではありませんか。

「これは*迷子札《まいごふだ》ですよ、親分」

「親方はもう六十だろう、迷子札は可怪《おか》しいぜ、読んでみな」

小判形には出来ていますが、よく見ると真鍮《しんちゅう》の迷子札で、
甲寅《きのえとら》。四月生、本郷大根畑、左官伊之助伜　乙松
と二行に書いて、その下に十二支《し》の寅が彫ってあります。

「父《とつ》さんの迷子札じゃねえ、こいつは行方不明の乙松のだ」

「何？　乙松の迷子札？　――やはり子供は承知の上で返したんだね」

平次の言うのは尤《もっと》もでした。行方不明の子供の迷子札が、親の財布へ入っているのは、そうでも考えなければテニヲハが合いません。

「親分さん、それは、昨夜《ゆうべ》私が入れてやったんですよ」

お北は変な事を言い出しました。

「何？　そいつは話が違って来るぜ。父《とつ》さんの財布へ五つになる伜の迷子札を入れたのは、何か呪禁《まじない》にでもなるのかい」

「いえ、父《とと》さんが入用なことがあるから、乙松の迷子札を出せって、手箱から私に出させて、財布へ入れて出かけたんです」

「どこへ行ったんだ」

「半刻（一時間）経たないうちに帰ってくる、銅壺《どうこ》の湯を熱くしておけ――って」

お北はその時の事を思い出したらしく、また新しい涙に濡れます。

「近いな」

平次は独り言のように言って、それからいろいろと調べましたが、その他はなんの手掛りもありません。

叔母のお村は四十七八、伊之助には義理の妹で、お北の知っているほども、事情を知らず、家の中は出来るだけ捜してみましたが、文盲《もんもう》な伊之助は、書いた物というと、毛虫よりも嫌いだったらしく、大神宮様の御札と、仏様の戒名《かいみょう》よりほかには、何にもありません。

「捨てられた時着ていたという、白羽二重の産衣《うぶぎ》は？」

平次にとっては、これが最後の手掛りでした。

「その後は見たこともありません、多分——」

お北は涙を押えて、淋しく頬を歪《ゆが》めました。何もかも酒に代える癖のあった伊之助が、多分売るか流すかしたことでしょう。

「こうなると五年の月日は短いようで長いな、証拠らしいものは一つも残らない」

四

その日のうちに、鼻の良い八五郎は、伊之助の家を中心に、十町（約一キロ）四方の匂いを嗅ぎ廻りました。お北の様子を見ていると、こうでもしてやらずにはいられなかったのです。

「親分、――いいことを聞き出しました」

「何だい」

八五郎が神田へ帰ったのは、もう夕暮れでした。

「伊之助があの晩家から出ると直《す》ぐ、近所の居酒屋へ飛込んで、一杯引っかけながら、これから金儲けに行くんだ――って言ったそうですよ」

「博奕《ばくち》じゃあるまいな」

「酒は好きだが、勝負事は嫌いだったそうで、多分大きな仕事でも請負《うけお》って、手金*が入《はい》る話だろう、って居酒屋の爺《おやじ》は言ってましたが」

「仕事の請負に、迷子札を持出す奴はないよ。八、こいつは面白くなって来たぜ」

「へエ」

八五郎は無関心ですが、平次の態度は急に活気づいてきました。

「俺はだんだん判ってくるような気がする。伊之助は悪い男じゃないが、酒が好きで、仕事が嫌いだから、五年前捨児に付いていた金を呑んだ上、かなりの借金が出来たんだろう。今度また乙松を親の手へ返して、纏《まとま》った礼を貰ったらしいが、借金を返すといくらも残らない――死骸の財布に二分しきゃなかった――でもう少し金を欲しいと思う矢先、フト思い付いたのは迷子札さ」

「――」

「あれを持ち出されると困る筋があるのを承知で、乙松の本当の親へ強請《ゆすり》に行ったんだろう――再々の事で、向うでも愛想《あいそ》を尽かし、いい加減に宥《なだ》めて帰して――後を跟《つ》けてバッサリやった。が、憎くて殺したわけじゃない、それに、五年も子供を育てて貰った恩があるから、死骸だけでも持って来て、入口から投《ほう》り込んで行ったんだろう」

「見てきたようだね、親分」

「物事はこう組み立てて考えるのが一番手っ取り早く解るよ」

平次の異常な想像力は、その鋭い理智を援《たす》けて、これまでも、どんなに難事件をといたか解りません。

「それだけ解りゃ、相手が突き留められそうなものじゃありませんか、親分」

「もうひと息だよ――お前御苦労だが、伊之助の出入りしているお邸で、五年前にお産のあった家を探してくれ。白羽二重の産衣《うぶぎ》を用意するくらいだから、御目見得*以上の武家だ」

平次は一歩解決へ踏込みます。

「でも、捨児《すてご》だっていうじゃありませんか。捨児を拾ったのなら、出入りの御屋敷とは限りませんぜ」

「大嘘だよ――捨児とでもいっておかなきゃア、世間の口がうるさかったのさ。迷子札を持って、半刻《はんとき》（一時間）で強請《ゆす》って帰れるなら、出入りの御屋敷に決っている」

「成程ね――序《ついで》に斬られた場所も解るといいが――血糊はこぼれちゃいませんか」

「そいつは考えない方がいい、多分屋敷の中でやられたろう」

八五郎は飛んで行きましたが、得意の耳と鼻を働かせて、二刻（四時間）ばかり経つと、揚々と帰ってきました。後ろにはお北が従《つ》いております。

「親分、判りましたよ」

「おそろしく早いじゃないか」

「お北さんが万事心得てましたよ」

「成程ね」

ちょいと、からかってみようと思いましたが、若い娘の口を重くするでもないと思って、喉《のど》まで出た洒落を呑込みます。

「親分さん――父《とと》さんの出入りの御屋敷で御目見得以上というと、三軒しかありません。一軒は*金助町《きんすけちょう》の園山若狭《わかさ》様、一軒は御徒町《おかちまち》の吉田一学様、あとの一軒は同朋町《どうぼうちょう》の篠塚三郎右衛門様」

お北は父の代りに帳面をやっていたので、よく知っております。

「その中で五年前にお産のあった家は？」

「八五郎さんでは、ほかの事と違って聞き出し憎かろうと思って私が一緒に歩きました。

中で御徒町の吉田様の御嬢様百枝《ももえ》様と仰《おつ》しゃる方が、その頃初のお産で、嫁入り先から帰って、お里でお産みになりましたそうです」

「取上げたのは？」

「黒門町のお元さん――それも行って聞きましたが、肝心《かんじん》のお元さんは三年前に亡くなって、今は娘のお延さんが家業を継いでやっています。何にも知らないけれども、吉田様のお嬢様なら六年前に、金助町の園山若狭様に縁付き、その翌る年お里方へ帰って若様を産み、今でもお二人ともお達者で暮していらっしゃるそうですよ」

お北の説明はハキハキしております。が、それだけの事情はよく判っても、それが乙松の失踪《しっそう》や、伊之助の殺された事と、何の関係があるか、容易に見当も付きません。

「吉田一学様のところで、生れた赤ん坊を入れ換えたんじゃありませんか。何かわけがあって、娘の産んだ子を伊之助に育てさせ、他の子を産んだ事にして、園山若狭様の跡取りにしたといった筋書は狂言《きょうげん》になりますぜ」

ガラッ八は一世一代の知恵を絞ります。

「狂言にはなるが、本当らしくないな――五年経って、元の子を取り戻したのがわからねえ」

「真っ向から当ってみましょうか」

「俺もそれを考えているんだ、危い橋を渡ってみるか」

「危い橋？」

「強請《ゆすり》に行くんだよ、一つ間違えば伊之助親方の二の舞いだが」

　平次は何を思い立ったか、淋しく笑います。

五

「御免下さいまし」

「誰じゃ」

　御徒町の吉田一学、＊御徒士頭《おかちがしら》で一千石を食《は》む大身ですが、平次はその御勝手口へ、遠慮もなく入って行ったのです。

「御用人様に御目に掛りとうございますが」

「お前は何だ」

「左官の伊之助の弟——え、その、平次と申す者で」

「もう遅いぞ、明日出直して参れ」

　お勝手にいる爺仁《おやじ》は、恐ろしく威猛高《いたけだか》です。

「そう仰《おっ》しゃらずに、ちょいとお取次を願います。御用人様は、きっとお逢い下さいます」

「いやな奴だな、ここを何と心得る」

「ヘエ、吉田様のお勝手口で」

どうもこの押し問答は平次の勝です。

やがて通されたのは、内玄関の突当りの小部屋。

「私は用人の後閑《こが》武兵衛《ぶへえ》じゃが——平次というのはお前か」

六十年配の穏やかな仁体です。

「ヘエ、私は左官の伊之助の弟でございますが、兄の遺言《ゆいごん》で、今晩お伺いいたしました」

「遺言？」

老用人は一寸《ちよつと》眼を見張りました。

「兄の伊之助が心掛けて果し兼ねましたが、一つ見て頂きたいものがございます。——なアに、つまらない迷子札で、ヘエ」

平次がそう言いながら、懐から取出したのは、真鍮《しんちゆう》の迷子札が一枚、後閑《こが》武兵衛の手の届きそうもないところへ置いて、上眼使いに、そっと見上げるのでした。

色の浅黒い、苦み走った男振りも、わざと狭く着た単衣《ひとえ》もすっかり板に付いて、名優の強請場《ゆすりば》に見るような、一種抜き差しのならぬ凄味さえ加わります。

「それをどうしようと言うのだ」

「へ、へ、へ、この迷子札に書いてある、甲寅《きのえとら》四月生れの乙松という伜を引渡して頂きたいんで、ただそれだけの事でございますよ、御用人様」

「――」

「どんなもんでございましょう」

「暫らく待ってくれ」

拱《こまぬ》いた腕をほどくと、後閑武兵衛、深沈たる顔をして奥に引込みました。

待つこと暫時《ざんじ》。

どこから槍が来るか、どこから鉄砲が来るか、それは全く不安極まる四半刻（三十分）でしたが、平次は小判形の迷子札と睨めっこをしたまま、大した用心をするでもなく控《ひか》えております。

「大層待たせたな」

二度目に出て来た時の用人は、なんとなくニコニコしておりました。

「どういたしまして、どうせ夜が明けるか、斬られて死骸だけ帰るか――それくらいの覚悟はいたして参りました」

と平次。

「大層いさぎよい事だが、左様な心配はあるまい――ところで、その迷子札じゃ。私の一存で、この場で買い取ろうと思う、どうじゃ、これくらいでは」

出したのは、二十五両包の小判が四つ。

「——」

「不足かな」

「——」

「これっきり忘れてくれるなら、この倍出してもよいが」

武兵衛はこの取引の成功を疑《うたぐ》ってもいない様子です。

「御用人様、私は金が欲しくて参ったのじゃございません」

「何だと」

平次の言葉の予想外さ。

「百両二百両はおろか、千両箱を積んでもこの迷子札は売りゃしません——乙松という伜を頂戴して、兄伊之助の後を立てさえすれば、それでよいので」

「それは言い掛りというものだろう、平次とやら」

「——」

「私に免じて、我慢をしてくれぬか、この通り」

後閑武兵衛は畳へ手を落すのでした。

「それじゃ、一日考えさして下さいまし。姪《めい》のお北とも相談をして、明日の晩また参りましょう」

平次は目的が達した様子でした。迷子札を懐へ入れると、丁寧に暇《いとま》を告げて、用心深く屋敷の外へ出ました。

六

翌る日一日、平次はガラッ八を鞭撻《べんたつ》して、吉田一学の屋敷と、一学の娘百枝《ももえ》の嫁入り先、金助町の園山若狭《わかさ》の屋敷を探らせました。

「園山若狭様は一千五百石の大身だ。殿様は御病身で、世捨人も同様だというが、あの弟の勇三郎というのがうるさい。うっかり町方の御用聞が入ったと判ると、どんな眼に逢わされるかも知れないよ、用心するがいい」

「大丈夫ですよ、親分」

ガラッ八は探りにかけては名人でした。とぼけた顔と、早い耳とを働かせて、何時《いつ》も平次が及ばぬところまで探りを入れます。

「俺はもう一度吉田一学様の屋敷を、外から探ってみる」

二人は手分けをして、それから丸一日の活躍を続けたのです。

日が暮れると、神田の平次の家へ、平次も八五郎も引揚げてきました。お北は事件の成行を心配して家を叔母のお村に頼んだまま、昼からここで待っております。

「親分、ひどい眼に逢いましたぜ」

ガラッ八は余っ程驚かされた様子で、報告も忘れてこんな事を言うのでした。

「殿様の弟の勇三郎に見付かったろう」

「いえ、――あれは猫の子のような人間で、屋敷の中へ紛《まぎ》れ込んだあっしを見付けても、ニヤリニヤリしていましたが、怖いのは用人の石沢左仲《さちゅう》で、いきなり刀を抜いて追っかけるじゃありませんか、いや逃げたの逃げねえの」

「ハッハッ、そいつはよかった」

「よかアありませんよ。あんな無法な人間をあっしは見た事もない――玄関側から、木戸を押して、奥庭へ入りかけると、いきなり、コラッピカリと来るじゃありませんか。コラッは呶鳴《どな》ったんで、ピカリは引っこ抜きですよ」

「註《ちゅう》を入れるには及ばない――で、様子は解ったかい」

「解るの解らねえのって、憚《はばか》りながら、殿様の夜具の柄から、お女中達の昼のお菜まで判りましたよ」

「そんな事はどうでもいい」

「ところが、それが大切《でえじ》なんで――殿様は三年越しの御病気、少々気が変だということですが、とにかく寝たっきり、奥方の百枝様はまだ若いし、若様の鶴松様は五つ、家の中は、ニヤリニヤリの勇三郎――こいつは殿様の弟で、三十二三のちょいと好い男だ

――それと癇癪持《かんしやくもち》の用人、石沢左仲の二人が切り盛りしています」

「――」

「ところが、十二三日前、若様の鶴松様が、晩の御食事の後で急に腹痛を起し、一度は引付けなすったが、金助町では手が届かないというので、暁方用人の左仲がお伴をして、お里方へ伴れて行った。今では御徒町《おかち》の吉田一学様のところにいるが、奥方は毎日見舞い、弟の勇三郎も時々見舞っているが、いい塩梅《あんばい》に持ち直して、二三日でけろりと治《なお》り、今では元の身体になったということですよ」

八五郎の報告はざっとこの通りでした。

「その鶴松という坊ちゃんは、以前と少しも変らないのか」

「弟の勇三郎様が言うんだから、ウソではないでしょう」

「顔も、物言いも――」

「多分そんな事でしょう」

八五郎の話はこれで全部です。

「親分の方はどうでした」

「俺の方は散々の体《てい》さ。園山の坊ちゃんが来て泊っていることは判ったが、あとは何にも判らねえ」

「ヘエ――」

ガラッ八は少し呆気に取られた形でした。聞き込みにかけては、親分の平次もガラッ八の足元にも及ばなかったのです。

「でも、それで見当だけはついたよ。今晩こそ、お北さんの敵を討ってやるよ」

「――」

どんな成算が平次にあるのでしょう。

七

その晩亥刻《よつ》（午後十時）過ぎ、平次は約束通り、御徒町の吉田一学屋敷へ、お北と一緒に出向きました。

「平次、迷子札はどうした。――いろいろ相談をした上、三百両に引き取りたいと思うが、どうだ」

後閑《こが》武兵衛は老巧な調子で話の緒《いとぐち》を開きました。

今晩は打って変って奥の広い部屋へ通した上、隣りの部屋には二三人の人がいるらしく、なんとなく改まった空気です。

「御用人様――いろいろ考えましたが、どうも金ずくでお渡しは相成り兼ねます」

「フーム」

「兄伊之助が心に掛けた伜乙松をお渡し下さるか――」

「左様な者は一向知らぬと申したではないか」

「では、御当家に御泊りの、園山様若様、鶴松様に、この北と申す姪《めい》が御目通りいたしたいと申します。それを御叶《おかな》え下されば、迷子札は相違なく差上げますが」

平次は畳に両手を突いて、ピタと話を進めました。明るい灯、広々とした部屋、それを四方から圧《あっ》する空気も唯事ではありません。

「これこれ左様な馬鹿な事を申してはならぬ。鶴松様はもう御休みじゃ」

「では致し方がございません、このまま引取ることにいたします」

平次は一歩も引く色はなかったのです。

「平次」

「ハイ」

「物事は程を越してはならぬぞ」

「存じております」

「致し方もないことじゃ」

後閑武兵衛が手を上げると、それが合図だったものか、

「――」

後の襖《ふすま》がさっと開いて、四十五六の武家が一人、襷《たすき》を十文字に綾取《あやど》り、六尺柄《ろくしやくえ》*皆朱《かいしゆ》

の手槍をピタリと付けて、ズイと平次の方に寄ります。

「平次、覚悟せい」

凄まじい殺気、寸毫《すんごう》のたるみもないのは、ここで二人を音も立てさせずに成敗するつもりでしょう。

「お、石沢左仲様」

「存じておるか」

「そう来るだろうと思ったよ」

「何を言う」

一方からは後閑武兵衛、これは羽織だけ脱いで、一刀を引抜き、逃げ路を塞《ふさ》いだまま、粛然《しゆくぜん》と立っております。

「これくらいの事が解らなくて飛込めると思うか、いや、御両人、御苦労千万な事だ」

平次は後ろにお北を庇《かば》って、身体を斜に構えました。右手にもう得意の投げ銭が、いつでも飛ばせるように握られていたのです。

「無礼だろう。身の程も顧《かえり》みず、御直参《*じきさん》の大身へ強請《ゆすり》がましい事を言ってくるとは、何事じゃ。この上は迷子札を出そうとも勘弁はならぬ、観念せい」

石沢左仲の槍先は、灯にキラリと反映しながら、ともすれば平次の胸板を狙うのでした。

「御冗談でしょう。そんなものに刺されてたまるものか――ね、御両人、よっく聞いて貰いましょう。話は五年前だ。御当家から園山様へ縁付かれた百枝《ももえ》様が、お里の御当家に帰って双生子《ふたご》をお産みになった」

「えッ」

平次の言葉は、二人の用人を仰天させました。

「世にいう畜生腹《ちくしょうばら》、これが縁家先に知れると、離縁になろうも知れぬ。御用人の取計らいで、その内の一人鶴松君を若様とし、もう一人の乙松様を、手当をして出入りの左官伊之助に貰わせ、一生音信不通の約束をした。――ところが」

平次がここまで説き進むと、

「黙れ、その方如きの知った事ではないぞッ」

石沢左仲の槍は、ともすれば平次の口を封《ふう》じようとするのです。

「どっこい待った。あっしを殺せば、門口に様子を見ている子分の者が十六人、一手は園山様の勇三郎様に駈けつけ、一手は竜ノ口御評定所に飛込み、御目付へ訴えることになっているぞ。証拠は迷子札――いやまだ沢山ある。吉田、園山両家は、七日経たないうちに取り潰される――どうだ御両人」

「――」

平次の言葉は、石沢左仲の癇癪《かんしゃく》を封ずるに充分でした。

「話はそれから五年目だ――手っ取り早くいえば、園山家の冷飯《ひやめし》食い勇三郎が、兄上は病弱、鶴松君を亡きものにすれば、間違いもなく園山家の家督《かとく》に直れると思い込んで、鶴松君に毒を盛った」

石沢、後閑両用人の顔色の凄まじさ。

八

平次はなおも、刃《やいば》の中に説き進みます。

「鶴松君はその場で死んだが、奥方と御用人は重態と言い触《ふら》して、お里方に遺骸を運び、五年前から伊之助の子になって育っている乙松を、伊之助から取り上げ、お顔が瓜二つというほど似てるのを幸い、鶴松君御恢復《ごかいふく》と言い触したが、言葉や行儀が直るまで、なお、御屋敷に留め置かれた」

「――」

「乙松様が、伊之助とお北を恋しがってむずかるので、夜中連れ出して、大根畑の伊之助の家を覗かせたこともある。が、その後伊之助はもう少し金が欲しくなり、残しておいた迷子札を持って、強請《ゆすり》がましく御当家へ来たのを、後の禍《わざわい》を絶つため、後閑《こが》様が手に掛けた、――それとも、石沢様かな」

「——」

平次の明智は、*一毫《いちごう》の曇りもありません。何から何まで、推理の上に築いた想像ですが、それが抜き差しならぬ現実となって、二人の用人の胆《きも》を奪ったのです。

「さア、どうしてくれるんだ。このお北には親の敵、名乗って尋常に勝負と言いたいところだが、せめて詫言《わびごと》の一つも言う気になったらどんなものだ」

平次の追及の益々猛烈なのを聞くと、後閑武兵衛は刀を納めました。

「平次とやら、一々尤《もっと》も——その方の申すことは道理だ。金ずくで済まそうと思った私の浅薄《あさはか》さを勘弁してくれ」

「——」

「この一埒《いちらち》は、私と石沢殿との考えたことで、殿様も奥方も御存じないことだ——両家の大事には代え難かった。許してくれ」

「後閑様、そう仰《おっ》しゃるとお気の毒ですが、御大身の直参も御家が大事なら、左官の伊之助も自分の家や命が大事じゃございませんか」

「——」

「まして五年越し若様を養育した上、虫のように殺されちゃ浮び切れません。娘のお北の心持は一体どうしてくれるんで」

「相済まぬ」

「相済まぬ――で親を殺された者の心持は済むでしょうか。御用人、人間の命には、大名も職人も変りはありませんよ」

「――」

「竜ノ口へ訴え出ると申したのは、決して脅《おど》かしじゃありません。あんまり没義道《もぎどう》なことをされると、町人風情もツイそんな心持になるじゃございませんか」

平次は少しも責手《せめて》をゆるめません。

「平次とやら、その方の言葉は一々胸に徹《こた》えたぞ――何を隠そう、腹黒い勇三郎様に、御家督を継がせる心外さに、これは皆なこの石沢左仲のした事だ。伊之助の帰途《かえり》を追っかけて、斬って捨てたのもこの私だ。後閑氏ではない」

石沢左仲、手槍を投げ捨てると、畳の上にどっかと坐りました。癇癪《かんしやく》持ちだけに、生一本で正直者で、思いつめると待て暫しがありません。

「石沢氏」

驚いたのは後閑武兵衛でした。

「いかにもお北に討たれてやろう。命は塵《ちり》ほども惜しくないが――平次、これだけを聞いてくれ。大身の武家も左官の家も変りがないといっても、家来の私からいえば、主家を潰《つぶ》すわけには行かぬ」

「――」

「勇三郎様は佞奸邪智《*ねいかんじやち》で、甥《おい》の鶴松君まで毒害した。それを知って園山の家督に直しては、用人の私が御祖先に相済まぬ、――長い事は言わぬ、たった一年、いやひと月待ってくれ。勇三郎様の悪事を発《あば》き、詰腹《つめばら》を切らせて、園山家を泰山の安きに置き、百枝《ももえ》様、乙松様を金助町にお迎え申上げた上、改めて名乗って出て、縛り首なり、なぶり殺しなり、どうでも勝手になってやる」

石沢左仲の言葉は、一つ一つ血の涙のようでした。いつの間にやら正面の襖が開いて、園山家の百枝が、鶴松になりすました乙松を抱いて、これも涙にひたりながら見ているのでした。

「親分さん、引揚げましょう、――父《とと》さんも悪かったんですから」

お北も泣いておりました。勝気でも確《しっか》り者でも、武士の義理堅さには、さすがに打たれた様子です。

「よしよし、お北さんがそう言うなら、あっしは事を好むわけじゃねえ。忠義な人達に免《めん》じて、今晩は帰るとしよう――その代り、このお北を、金助町の御屋敷へ引き取って、若様のお側へ置いてやって下さい」

「それはもう、言うまでもない、お北とやらここへ来るがよい」

美しく気高い百枝がさし招くと、お北はもう、前後も忘れて、乙松の側へ飛んでいきました。

「乙《おと》や、逢いたかったよ」

「姉や、よく来てくれたね」

抱き合う二人、言葉とがめをするのも忘れて、百枝はほほ笑ましく眺めやるのでした。

＊

「親分、敵は討ったんですか」

大むくれのガラッ八に迎えられて、

「討《う》ちかねたよ。見事に返《かえ》り討《うち》さ、武家は苦手だ。町方の岡っ引なんか手を出すものじゃねえ」

平次は苦笑しております。

平次身の上話

一

銭形平次の住居は――

神田明神下のケチな長屋、町名をはっきり申上げると、神田お台所町、もう少し詳しく言えば*鰻《うなぎ》の神田川の近所、後ろに共同井戸があって、ドブ板は少し腐《くさ》って、路地には白犬が寝そべっている。

恋女房のお静《しず》は、両国の水茶屋の茶汲女《ちゃくみおんな》をしたこともあるが、二十三になっても、娘気の失せない内気な羞《はに》かみやで、たった六畳二た間に入口が二畳、それにお勝手という狭い家だが、ピカピカに磨かれて、土竈《へっつい》から陽炎《かげろう》が立ちそう。

そのくせ、年がら年中、ピイピイの暮し向き、店賃《たなちん》が三つ溜っているが、大家は人が良いから、あまり文句を言わない。酒量は大したこともないが、煙草は尻から煙の出るほどたしなむ。お宗旨は親代々の*門徒《もんと》、年は何時まで経っても三十一、これが、銭形平次の戸籍調べである。

二

実際は元禄以前、*寛文万治までさか上った時代の人として書き起されたものであるが、御存じの通り、それは挿絵の勝手、風俗の問題――衣裳《いしょう》から小道具まで、はなはだ読物の世界に不便であるために、作者の我がままで幕末――*化政度の風景として書かれ、特別な考証を要するもの以外は、はなはだ済まないことではあるが、ほお冠《かむ》りのままで押し通している。

芝居道で言えば、*寺小屋の春藤玄蕃《しゅんどうげんば》が赤いかみしもを着て威張ったり、*鎌倉三代記の時姫がお振袖をジャラジャラさせ、*妹背《いもせ》山《やま》の鱶七《ふかしち》が長かみしもを着けるのと、同じ筆法とお許しを願いたい。

銭形平次の物語を書き始めてから二十三年になるが、平次はどうして年を取らないのだという小言をひっきりなしに頂戴している。

それについて、いつか「週刊朝日」の誌上で*辰野隆《たつのゆたか》博士の質問に答えているが、連続小説の主人公の年齢を読物の経過する年月と共に老込ませて行くのはおよそ愚劣なことで、*モーリス・ルブランのルパンがその馬鹿馬鹿しい例を示していると私は答えておいた。小説の主人公は何時《いつ》までも若くてそれで宜《よ》いのだ。大衆文芸の面白さはそのコツだと言ってもよい。

平次の女房のお静は、両国の水茶屋時分、平次と親しく言い交《かわ》すようになって、平次のために不思議な事件のうずの中に飛込み、危く命をかけた大手柄は、二十三年前「オール讀物」に書いた、銭形平次の第一話「金色の処女」に詳しく書いてある。しかしそんなことはどうでもよい。お静は何時までも若くて愛きょうがあって、そしてフレッシュであればいいと言うと、辰野隆博士は面白そうにカラカラと笑った。

ところで、その銭形平次は実在の人間か――ということをよく訊かれる。*大岡越前守や、*遠山左衛門尉《さえもんのじょう》と同じように、*武鑑《ぶかん》に載っている人間ではないが、江戸時代の記録が散逸して、襖《ふすま》の下張になっているから、お寺に人別があったかどうか、私と雖《いえ》ども判然としない。恐らく*岡本綺堂の半七親分や*佐々木味津三のむっつり右門君と同じことであろうと思う、在りと信ずる人には実在し、無いと観ずる人には架空《かくう》の人物であったに違いあるまい。

三

*吉川英治氏が「江戸三国志」が映画化されたとき、最早二十五、六年も前のことだが

――新聞社の試写会で挨拶をさせられたことがある。それに先だって、吉川氏が「今晩は一つ種あかしをして、主人公以下悉《ことごと》く架空の人物だということを話そう」と言うのである。その頃その新聞社の学芸部長であった私は、驚いてそれを止め「そいつはいけない。読者は皆、作中の人物を九郎判官《はんがん》義経ほどの実在の人物だと思っている。読者の幻想を打ちこわさないように願いたい」と言うと、吉川氏がそれに応えて、要領よくやってくれたことは申すまでもない。

熱海にお宮の松があり、逗子には浪子不動がある。千葉県の富山には八犬伝の碑があり、浅草の花屋敷には、半七塚をわれわれ捕物作家クラブ員*が建立した。小説の中の人物が、塚になり碑《ひ》になって、実在の人よりも遥かに実在らしく生きていることは、その例非常に少くない。

京都、大阪には、東京以上に、小説、浄瑠璃《じようるり》中の人物の遺跡が保存されているそうである。偉人傑士と雖ども、御時世が変ると、百代の後にまで遺す気で建てられた銅像も鋳潰《いつぶ》されたりするのである。現に不思議な時代に遭遇して、われわれはそれを嫌になるほど見聞した筈である。その中に、小説や詩や浄瑠璃に創造された架空の人物が、民俗の記憶の底深くしまいこまれ、塚となり碑となるのは、寧ろ嬉しいことではあるまいか。

明治中頃に重野安繹*《しげのやすつぐ》という学者があった。その頃独自の史論を発表して、児島高徳*の存在を否定し、武蔵坊弁慶を撲滅《ぼくめつ》し、面白可笑しい逸話を持った、史上の人物を片っ端から否定して、抹殺博士《まっさつはかせ》という綽名《あだな》で呼ばれたことは、老人方は記憶しておられるであろう。

　歴史上の人物らしく思われている人でさえ、洗って見ると、架空の人物は少くない。まして職業作家が、踊らせ、話させ、心中したり、切り合いまでさせる人間が、全部実在の人間であり得よう筈はないのである。尤も昔の人はこれを一つの劫《ごう》と観じ、謡曲《ようきょく》の作者は、紫式部*をさえ罪人扱いにしているが、今の人は、作中の人物をなつかしんで、碑を建て塚を築いている。血肉を盛った実在の人間より、それは浄化され神格化されているためでもあろうか。

　シェクスピーアの場合、史劇あるいは悲劇は大概粉本《ふんぽん》があるらしく、ハムレットも、オセロも、マクベスも、リア王も、恐らく実在したことであろう。だが、実在の王子ハムレットは、シェクスピーアの描いたハムレット程は偉人でなく「在るべきか、在るべきでないか、それは疑問である」などと、むつかしいことは言わなかったに違いない。

　これは余事に亘るが、日本の歴史小説も、史実の詮索《せんさく》に溺れるよりも、シェクスピーアの偉大さと深さを学ぶべきではあるまいか。尤も歴史小説というものを書かない私は、気楽にこんなことが言えるのかも知れない。歴史は歴史家に任せて、小説家は小説を書けば宜いのだ。史上の人物を踊らせて、新しい創造をすれば宜いのだ。ピカソの美人は顔が二つあり、マルシャンの太陽は青い。それで宜いではないか。

四

亡くなった*菅忠雄君が、新聞社の応接間に私を訪ねて「雑誌をはじめることになったが、その初号から、岡本綺堂《きどう》さんの半七のようなものを書いてくれないか」と持ち込んだのは、昭和六年の春のことである。「綺堂先生のようには出来ないが、私は私なりにやって見よう」と簡単に引き受けてしまったが、それから実に二十三年、銭形平次の捕物を今でも書き続けている。四十枚から五十枚の短篇だけでも三百篇、中篇長篇を加えたら、三百二十篇にはなるだろう。作者の私自身も、よくもこんなに書き続けたものだと思っている。

昔から、長い小説は随分ある。源氏物語、アラビアン・ナイト、八犬伝、戦争と平和、水滸伝、大菩薩峠、と。だが、その多くは一つの筋の発展で、起承転結《きしようてんけつ》のある、幾百の小説の集積はあまりない。探偵小説にはフランスの「*ファントマ」や、イギリスの「*セキストン・ブレーク」があるが、それは多勢の作者が力を協《あわ》せた作品で、一人の頭脳と手から生れたものではない。

こう言うと、たいそう自慢らしく聴えるが、誰もやったことのない事をやり遂げるというのは、誰にしてもなかなか楽しいものである。ビルからビルへ針金を渡して綱渡りするのも一升何合の大飯を食うのも、私が夥《おびただ》しい小説を書いたのと、あまり大した変らぬ優越感であろう。「大菩薩峠」の作者は屢々《しばしば》その長いのをもって誇っていた。屢々、私もまた、その例に漏れないのに気がついて、今更苦笑する次第である。考えて見ると、モリ蕎麦《そば》を背丈けほど食うのを誇りとするアンチャンと、大して変らぬ無邪気な自慢話である。

申すまでもなく、二十三年の間には、実にいろいろのことがあった。どうにもこうにも書けそうもなくなったことも三度や五度ではない。幾度かはお辞儀《じぎ》をしてしまったこともある筈である。が、眼が悪くなって、原稿紙の桝目《ますめ》さえも覚束なくなった今でも、どうやら書き続けているのである。これは決して洒落や道楽で出来ることではない。生活と四つに組んで、創作欲に引きずられて、弱いマラソン選手のように、喘ぎ喘ぎ駆け続けているのが本当の姿である。

「鼻唄を歌いながら書く」と、某新聞に書いたのは、無闇に芸術がる人達、名匠苦心談の製造に憂身《うきみ》をやつす人達に対する、私のささやかな反語であったが、最近作家の某氏が三十年振りに私を訪ねて「鼻唄を歌いながら小説を書くというのは、あれは羨《うら》ましい境地だ」と褒めてくれたには胆をつぶした。どこの世界に鼻唄を歌いながら小説を書ける化物《ばけもの》があるだろう。

「名匠苦心談」というものを、私は何より嫌いである。満足に三度のものにあり付いて、一つの芸事を仕上げるものに、おろそかな心掛けはない筈である。芸事に対して敢て芸術とは言わない――俺だけが彫心鏤骨《ちょうしんるこつ》の苦心をしていると自惚れる人間は、私だけが熱烈なる恋をしていると思い込む芸者と、あまり大した違いのない低能である。

また「消耗品の芸術論」になりそうであるが、私はいつでも、いかなる世界でも、職業と、それに打ち込む労作を尊む、俺だけが芸術家だと思う人間は、消えて無くなった方が宜しい。昔から、そんな者はろくな仕事をした例はないのである。

五

*木村名人は私に訊ねたことがある、「あの平次の夥《おびただ》しいトリックは、どうして拵《こしら》えるのだ」――と。木村名人は私の心友の一人である。私は将棋の駒の並べ方も知らないが、木村名人とは二十年も机を並べた間柄で、あの聡明さと、江戸ッ児らしい気前と、情誼のこまやかさには敬服している。

余事はさておき、私はこの問に対して、「それは何んでもないことだ、将棋さしが詰将棋の手を考えるのと同じことだ、木村名人が生涯に三百題の詰将棋を考えたところで、少しの不思議もないではないか」――と。

捕物または探偵小説のトリックは、もう一つの例を挙げると、数学の教科書の問題を作るのと同じことだとも言えるだろう。解くものに取っては、神妙不可思議の手段があるように思えるだろうが、拵えるものに取っては、それは大したむずかしいものではない。

碁や将棋のうまい人は、夥しい定石を研究し、それを体得して、自分の手を生み出す。探偵小説または捕物作家も、夥しい型を記憶しておいて、その古い型を土台に、新しい手を考える外はないのである。

*江戸川乱歩氏は、古今東西の探偵小説を読破し、その幾百、幾千のトリックを分類し、幾つかの型を作って、その上に、前人未発のトリックを発見しようとしているということである。これは仲間人の単なる噂で、江戸川氏本人から聴いたことでないから、真偽のほどは定かでないが、江戸川氏のような緻密《ちみつ》な頭脳を持った人には、さもありそうなことでもあるのである。

探偵、捕物小説のトリックの世界にあっては、古い手は絶対にいけない。換言すれば、誰かが使ったトリックを、二度と用いることは許されないのである。私はかつて現代探偵小説に、低圧《ていあつ》電気による殺人を書いたことがあったが、それは専門医にたしかめて書いたものであったに拘らず、前後して故*小酒井不木《ふぼく》博士が、同じトリックを用いて、全く違った小説を書いて発表したために、恐ろしい暗合に腐ってしまったことがある。

尤も、トリックの新奇を競《きそ》う結果、探偵または捕物小説は、神経が繊細になり、怪奇になり、現代人の生活や常識から、かけ離れて行く傾向のあることもまた已むを得ない。激しい競争や、高度の文化の惹き起す混乱は、口惜しいことではあるが、何時でもこう言ったものである。

生前の正岡子規が、*明治三十二、三年の頃、後輩の俳人に教えてこう言ったことがある。

「俳句に上達したければ、少くとも一万句は作り捨てるがよい、君達の思想にコビリ付いている先人の残滓《ざんし》、例えば、蛙飛込む水の音とか、日ねもすのたりのたり哉とか、そう言った月並《つきなみ》な考え方は皆んな出尽してしまって、それから始めて銘々《めいめい》の本当のものが出て来る」と。まことに面白い言葉だ。俳句も詩も小説も、作るものの苦心に変りのある筈はない。まして先人の真似も許されない探偵捕物小説の構成や、その生命とも言うべきトリックは、生涯書いて書いて、書き捨てて、始めて新しく良いものが生れるのではあるまいかと、私は言いたいのである。本当の天才の境地を私は知らない、われわれ凡才、濁った脳漿《のうしょう》を持ったものは、汲み出し、汲み捨てるより外に、知恵を浄化する術はないのである。

私は捕物小説を書き始めた頃、時々翻案《ほんあん》ではないかという疑いを受けた。評論家の高田某、作家の奥村君はその代表的な人達であった。*奥村五十嵐君は、後に捕物小説を書くようになってから「いや済まないことをした、あれは翻案などであるべき筈はない」

と素直に詫びてくれたが、惜しいことに五年前に世を早くした。

捕物または探偵小説に種本はない。それは筋やトリックを生命としているからである。古典文学に、こう言った物語の粉本の少いのは、背景になる社会生活が単純で、人々は悉《ことごと》く割り切った暮しをしていたためであろう。

尤《もっと》も旧約時代のソロモンの伝説が、大岡政談に採り用いられた例もあり、仏説にも古事記以後の史書にも、淡い探偵的な話はある。謡曲の「草紙洗《そうしあらい》」は唯一の探偵物語であるが浄瑠璃には非常に夥しい。忠臣蔵の勘平などは、仲々の探偵劇だと言って宜《よ》い――だが、そんなものは一つも利用されるものではない。

中国には、詐術または裁判小説は夥しく「棠蔭比事《とういんひじ》」などはその代表的なものだが、私はその中のトリックを逆に用いた例はある。尤も盗用と思われるのが厭で、出所は明らかにしてある筈である。西鶴の「本朝桜蔭比事《おういん》」は叙述の精妙さで帽子を脱ぐが、今用いられるようなトリックや材料は少く、「藤蔭比事」以下の比事物や用心記も大同小異と言って差支えはない。

われわれの範とするのは、やはりボアゴベ、ガボリオ、ポー以後の外国探偵小説であるが、これは、コナン・ドイル以前の古典に属するものほど面白く、精緻《せいち》巧妙にはなっても、近代のものに私は心惹《ひ》かれない。それは、トリックに嘘《うそ》が多く、筋も拵え過ぎて、人物が浮彫されていないからである。つまり、人間の描かれていないものは、何が何でも、読む気にはなれないからである。

新しい探偵小説には、謎解《なぞと》きとしての面白さはあっても、打ち込んで読む気になれないものが多い。化学方程式のない毒薬、変幻怪奇な仕掛け、製造工程を無視したレコード、それでは困るのである。

その意味において、髷物《まげもの》の捕物小説のよさはいろいろの制約があるためだと私は言おうとしている。そこにはピストルもなければ、自動車も電話もなく、青酸加里もなければモルヒネもない。あるものは石見《いわみ》銀山《ぎんざん》と匕首と、そして細引だけである。従ってトリックもまた人間の心の動きの盲点《もうてん》を利用したものや、感情の行き違い、注意のズレと言った、心理的なものになり易く、そのトリックは、時代や文化によって、動き易いものではない。つまりは、明日は変って行く器械的なトリックではなくて、千古不易の心理的本質的なトリックになることが多いからである。

叱られ、罵られ、時には恥かしめられながらも捕物小説が、民衆の間に浸透して行くのは、この特色のためではあるまいか。捕物小説をチャンバラと解し、時代思想への逆行と考えるのは、捕物小説を読まざるものの誣言《ぶげん》である。

六

捕物小説――と敢て言わない、私の平次物を、勧善懲悪《かんぜんちょうあく》と褒めてくれる人がある。まことに有難いようではあるが、私には、どうも有難くないのである。勧善懲悪というのは、滝沢馬琴流の小説を言うもので、それは多分に徇法《じゅんぽう》的屈従的であり長いものに捲かれろ主義である。換言すれば「八犬伝」の忠孝仁義主義である。

ところが、わが銭形平次は十中七八までは罪人を許し、あべこべに偽善者を罰したりする。近代法の精神は「行為を罰して動機を罰しない」が、銭形平次はその動機にまで立ち入って、偽善と不義を罰する、こんな勝手な勧善懲悪はない筈である。*ヴィクトル・ユーゴーは、「レ・ミゼラブル」を書いて、法の不備とその酷薄《こくはく》さを非難し、古今の名作を生んだ。私は銭形の平次に投銭を飛ばさして「法の無可有郷《ユートピア》」を作っているのである。そこでは善意の罪人は許される。こんな形式の法治国は、髷物《まげもの》の世界に打ち建てるより外にはない。

私は貧しい百姓の子で、三代前の祖先は南部《なんぶ》藩《はん》の百姓一揆に加わっている筈である。子供の時から侍の世界の、虚偽と空威張《からいばり》と馬鹿馬鹿しさを聴かされて育っているのである。私が子供の頃は、馬に乗って歩いても、侍の子孫達が来ると馬から降りてお辞儀をしなければならなかったものである。銭形の物語の中に、祖先が人を殺した手柄で、一生無駄飯を食っている、侍階級に対する反抗が散見するのはやむを得ない。

私は徹底的に江戸の庶民を書く。とりわけ無辜《むこ》の女を虐《しいた》げる者は必ず罰せられるだろう。八五郎のように、私はフェミニストだからである。銭形平次と八五郎が、皆んなに愛されている限り、私は書き続けるだろう。

江戸という時代は、制度の上には、誠に悪い時代であった、が、隠された良い面が数限りなく存在する。私はそれを掘りさげて行きたい。捕物小説という、変ったゲームに便乗して。

注解

金色の処女　初出　「オール讀物」昭和六年四月号

七　＊**藍微塵**　「微塵」は非常に細い格子縞。経《たて》と緯《よこ》と、それぞれ二本ずつの藍染め糸に濃淡の藍を用いた格子模様。

＊**弥造**　通常は「弥蔵」。ふところに手を入れて握りこぶしを作り、肩を突き上げるようにする仕草。主に職人や博打打ちがした。

＊**奉行**　寺社奉行・町奉行・勘定奉行の三奉行が有名だが、ここでは町奉行。江戸・大坂・京・駿府などに設置した老中直属の行政官。江戸町奉行は武家地・社寺地をのぞく江戸町方の司法・行政・警察などの民政全般を管掌した。

＊**老中**　幕府の実質的な最高位の役職。

＊**南町奉行**　町奉行は二人置かれ、月交代で事にあたった。奉行所（御番所とも）の位置からそれぞれ南町奉行、北町奉行と呼ばれた。一時奉行が三名置かれたこともあり、その際は中町奉行もいた。

＊与力　幕府の下級役人で、各奉行・大番頭・書院番頭などの下にあって同心を指麾し、また上役の仕事を補佐した。

八

＊鷹狩　調教された鷹を山野に放ち、野鳥や小獣を捕獲させる狩猟。将軍は年に数回行った。

＊三代将軍家光　（一六〇四〜一六五一）徳川家光。江戸幕府第三代将軍。二代将軍秀忠の二男。家康・秀忠の遺志を継ぎ、武家諸法度・参勤交代の制などを整え、幕政の基礎を築いた。またキリシタンを弾圧して鎖国体制を強化した。

＊征矢　稽古用ではない、戦に用いる矢。

＊定紋　家ごとに定まった正式な紋。

＊篦深　射た矢の篦《の》（矢の幹）が深く突き刺さること。

＊お側の衆　将軍の側近を側衆、敬称御側衆といい、老中支配下、交代で江戸城に宿直し、将軍と老中以下諸役人の間を取り次ぎ、老中退出後はその職務を代行した。

九

＊岡っ引　町方与力・同心の下、非公認で犯罪の探索や犯人の捕縛にあたった町人身分の者。「岡」にはかたわら（横）の意味があり、本物の役人が引っぱると本引、正式でなく「横から」引っぱるから岡っ引といった。

＊御用聞　岡っ引に対する敬称。

＊本草家　薬用になる動植物や鉱物について、その効用を究める者。

＊府内　御府内。江戸城を中心として、その四方、品川大木戸・四谷大木戸・板橋・千

住・本所・深川以内の地で、町奉行の支配に属した。御朱引き内ともいう。

一〇 ***霄壌**　通常「しょうじょう」と読む。天地の意。

一一 ***永楽銭**　明の永楽六（一四〇八）年から鋳造された青銅銭。表面に永楽通宝の文字がある。江戸幕府が寛永通宝をつくって以後姿を消した。

一二 ***鍋銭**　鍋鉄《なべがね》で鋳造した粗悪な鉄銭。

　　***へちまの水**　へちまの茎からとる水。化粧水やせき止めの薬として用いる。

一三 ***水茶屋**　道沿いや寺社の境内で湯茶を飲ませ、往来の人を休息させた店。現代の喫茶店のようなものとも言えるが、美人の茶屋女を置いて客を引く店も多かった。

一四 ***黄八丈**　八丈島の特産で黄色の地に縞柄のある絹織物。

一五 ***大束**　おおまか。ぞんざい。

一六 ***鳥目**　銭のこと。中心に空いた穴を鳥の目に見立てた呼び名。

一七 ***御家人**　幕臣で一万石未満のものを旗本・御家人といった。旗本は将軍に謁見できるが、御家人はできない。御家人には百石以下の者が多かったという。

　　***同心**　与力の配下で庶務・警察の業務にあたった。「一味同心」から出たことばで、もとは武家に付属した兵卒のうち、とくに徒歩の者をいった。

　　***皆暮れ**　かきくれの音便で搔い暮れの俗。全く。まるで。

一八 ***若年寄**　老中に次ぐ重職。一万〜三万石未満の譜代大名の中から選出された。

　　***八幡知らず**　現在の千葉県市川市八幡に、禁足地とされていた藪があり、そこに一度

入ると出られないという伝承があった。そこから、出口がわからず迷うことを「八幡の藪知らず」「八幡知らず」などという。

一九 ＊ギヤーマン　ギヤマン。ガラス製品のこと。

二三 ＊小袖　この場合、着物の古称であろう。大袖などに比して袖口を狭くした衣服を指し、もと庶民の衣服だが平安のころ貴族の下着にも用いられ、時代が下るに従って表着《うわぎ》化し、現在の着物につながる。この時代にはすでに階層を問わず表着。

＊長局　大奥における女中の住居。長い建物を十数室に間仕切りしたことから言う。

二七 ＊小粒　小粒金の略。一分金。四枚（四分）で小判一枚（一両）に相当する。

＊身代　財産のこと。

二八 ＊猿臂　猿のように長いひじ。

三二 ＊沖する　空高くにのぼる。

＊駿河大納言忠長　（一六〇六〜一六三三）徳川忠長。二代将軍秀忠の三男。駿河五十五万石に封ぜられたが、兄家光と和せず自刃。

＊蘊奥　奥義、極意。

＊小間物屋　女性用の紅・白粉などの化粧品、櫛・簪などの装飾品、楊枝・歯磨きなどの日用品を扱う店。

三三 ＊調伏　この場合、人を呪い殺すこと。

お珊文身調べ　初出「オール讀物」昭和六年十月号

三四　***新造**　「しんぞう」、あるいは「しんぞ」。元服前の若い女性を言う。「御新造」という場合は武家や上流町人の人妻。

三六　***筋彫**　刺青で輪郭だけ彫ったもの。

三七　***折助**　中間《ちゆうげん》の俗称。赤坂あたりに住む折助とも赤坂奴ともいわれてもてはやされた男がいたのが名の由来という。中間の項を参照。

***がえん**　臥煙。渡り中間のことで、極寒でも法被一枚以外は何も身につけなかったという。

***橋詰**　橋のたもと。橋ぎわ。

***弓場**　小型の弓矢（楊弓）で的を射る遊戯を行う「矢場」あるいは「楊弓場」のことと思われる。矢取り女を置いて色を売る店もあった。

三八　***三代目中村歌右衛門**　（一七七八〜一八三八）初代歌右衛門の子。化政期の代表的名優と言われる。

三九　***鳶**　火消人足として消火にあたり、地固めや普請場の足場組が主な仕事だった。

***中間**　武家の下僕。足軽と小者との中間に位するためこの名がある。俗に折助と呼ばれる。

***天保の御改革**　天保十二（一八四一）から十四（一八四三）年に老中水野忠邦が行っ

た改革。経済改革や農村復興策、防衛力の強化が強圧的に断行されたが、かえって社会の矛盾を深める結果となった。また、風俗の粛正が厳しく行われて町人文化が大きく制限された。

四〇　**＊六文銭**　紋所の名。六連銭ともいう。真田家の紋は埋葬に用いる六道銭に通じ、戦場での決死を意味したという。

＊大津絵　江戸時代初期から近江国大津の追分、三井寺辺で売り出された民衆絵画。

＊藤娘　大津絵の画題の一。藤の花の模様のある衣装を着、藤の枝を肩にして笠をかぶった娘姿。

＊浪裡の張順　中国明代の小説『水滸伝』の登場人物。泳ぎの名手で浪裡白條の張順と呼ばれる。

四四　**＊番所**　通常は町奉行所のことを言うが、この場合、自身番（番屋）のことと思われる。江戸市内各町毎の四つ辻に設けられた。初め町内の地主が自身で順番に詰めたので自身番の名がある。

＊紙入れ　財布のこと。

四六　**＊家後切**　家や蔵の後方の壁を家尻と言い、それを破って盗みを働くこと。

五〇　**＊小者**　武家の奉公人で中間より下位の者。

五一　**＊三助**　銭湯で客の背中流しなどを役目とする者。

五三　**＊元結**　日本髪を結う際、髻《もとどり》（髪を頭の上で束ねた箇所）を結ぶ紐やこよりのこと。

五五 ＊茶番 茶番狂言の略。江戸中期から流行した庶民の遊びである。芝居が大入りのとき、楽屋で茶の用意をする番に当たった大部屋役者が、格上の役者に認めてもらおうと口上や仕草に工夫をこらし、その趣向がうけて笑いを呼ぶことになったことに始まるという。

五七 ＊銀煙管 キセルは、ポルトガル人によって日本へもたらされた喫煙具で、カンボジア語のクシエルが訛ったもの。金属部分はふつう真鍮製のものが使われたが、銀を使った銀煙管はぜいたく品。

＊組屋敷 御手先組、小普請組、徒目付など「組」の付く職制が多くあり、その組に属する旗本や御家人は、たいてい組屋敷に住んでいた。八丁堀にも町奉行の与力同心が住む組屋敷があった。

南蛮秘法箋 初出「オール讀物」昭和七年二月号

六三 ＊二本差 武士が大小を腰に帯びることをいう。その起源は室町時代とされる。

＊鉄砲風呂 鉄砲と称する銅や鉄製の円筒を設置して、これで湯を沸かすようにした据風呂。

六五 ＊丁稚 商家に奉公する少年の下僕。

六八 ＊正味 掛け値なしの値段。

六九　***身上**　財産のこと。身代に同じ。

　　　***着流し**　袴も羽織も付けない服装。

七〇　***足袋跣足**　足袋をはいたままで、下駄や草履をはかずに地面を歩くこと。

七一　***灰吹**　煙草の吸殻をたたき入れるために煙草盆に付いている筒。

七四　***番頭**　商家の奉公人の頭。

　　　***手代**　商家で丁稚の元服した者。その長を番頭という。

七五　***仲働き**　中働。奥向きと勝手向きの間の仕事をする女中。

七九　***麻裏**　竹皮表の草履の裏に三つ編みにした麻ひもを縫いつけたもの。

八〇　***町名主**　町年寄三家の下に各町に町名主が置かれ、御触れの伝達、人別の調査、紛争の仲介や訴訟出廷の際の付添いなどに従事した。

　　　***五人組**　近隣の五戸を一組とし、火災・浮浪人・キリシタン・盗賊などを取締り、連帯責任を負わせたもの。

八一　***機宜**　あることをするのにちょうどよい機会。時宜。

　　　***唐天竺**　中国とインド。また、非常に遠い異郷のたとえ。

　　　***附子**　トリカブトの塊根または支根をとって乾した生薬。猛毒がある。

　　　***鴆**　一種の毒鳥。その羽根をひたした酒を飲めば死ぬという。

八八　***慶安四年の騒ぎ**　慶安事件。由比正雪《ゆいしょうせつ》の乱とも呼ばれる。江戸初期、大名の改易や減封などにより浪人の数が激増し不満が高まっていた。軍学者として盛名のあった由比正雪はそういった浪人を集め、三代将軍家光が没しまだ幼い家綱が将軍となったのを機に反乱を企てた。しかし密告により計画が露見。一味の者は自刃、あるいは処刑された。密告者は褒賞されたり、幕臣に取り立てられたりなどした。丸橋忠弥も首謀者の一人。

八九 ***返り忠** 元の主君に背いて敵方の主君に忠を尽くすこと。裏切り。

九五 ***龕燈** ブリキ・銅で外枠を作った釣鐘形の提灯で、中のろうそくは自由に回り、光は前方だけを照らし、相手には自分の姿は見えないようになっていた。

九七 ***青銭** 寛永通宝のこと。真鍮製のため青みを帯びていた。四文銭。

九八 ***早縄** 二尋半（およそ四メートル）の縄。岡っ引は同心の指示なしには罪人を縛れないので、縄を巻いても結び目を作らなかった。罪状が決まると倍の長さの本縄にかけかえる。

***松平伊豆守** （一五九六〜一六六二）松平信綱。幕府老中として三代将軍家光と四代将軍家綱に仕え、知恵伊豆として知られる。

***阿部豊後守** （一六〇二〜一六七五）阿部忠秋《ただあき》。徳川家光・家綱の二代にわたって老中を務めた。

名馬罪あり　初出「オール讀物」昭和八年十月号

一〇〇　＊**因業**　頑固で無情なこと。むごいこと。
一〇一　＊**竹篦**　元は禅において参禅者を打つ法具の名だが、ここでは人差指と中指で手首などを打つこと。しっぺ。
一〇二　＊**笊碁**　笊の目の粗いように粗い碁という意から、囲碁のへたなこと。
＊**征**　囲碁で、相手の石を斜めに当たり当たりと追い詰めて逃げられなくする取り方。
＊**川柳点**　柄井川柳が前句付に施した評点。また、その選句。
＊**半間**　間が抜けていること。
一〇三　＊**唐桟**　竪縞の平織木綿。江戸時代にオランダやイギリスの商船から輸入された。原産地は西南アジア一帯。享保のころから国内でもそれを模したものが作られていた。
＊**水髪**　油をつけず水のみで梳いて結った髪。
一〇四　＊**用人**　大名・旗本家で家老に次ぐ地位の者。おもに庶務・会計などを司っていた。
＊**陪臣**　臣下の臣下。この場合、将軍直属の臣下である旗本の臣下ということ。
一〇五　＊**安祥旗本**　松平氏が安祥城（現在の愛知県安城市）を居城としていたことから、家康の父・松平広忠の代までに仕えた徳川家最古参の臣下を安祥譜代という。
＊**房州**　安房国の別称。今の千葉県南部。
＊**苛斂誅求**　租税などをむごくきびしく取り立てること。

一〇六 **＊東照宮の御墨附**　東照宮は徳川家康を祀る神社。ここでは家康のこと。御墨附は筆跡のことから転じて、主君が花押を押して臣下に与えた証明書。

＊評定所　江戸幕府最高の裁判所。

＊八寸　馬の高さが四尺八寸（約一四五cm）あること。

＊厩中間　武家の奉公人のうち足軽と小者の間の地位の者が中間。馬の世話を行う中間のことであろう。

＊馬丁　馬の世話・口取りをする者。この字は通常「ばてい」と読むが同様の意味を持つ「別当」の読みを当てたものと思われる。

一一〇 **＊大旗本**　将軍直属の幕臣のうち、俸禄が一万石未満で、将軍に謁見する資格のあるお目見え以上の者を旗本という。八千石というとかなり高位。

一一三 **＊生得**　うまれつき。天性。

一一四 **＊知行所**　江戸幕府の旗本が給与された土地の称。

一一五 **＊口占**　口ぶりで、その人の心中を察すること。

一二一 **＊牢問い**　江戸幕府の囚人訊問方法の一。笞打《むちうち》・石抱・海老責の三種があった。

一二三 **＊改易**　士分が剥奪され、その知行を没収されて家名が断絶すること。

一二六 **＊目安箱**　八代将軍吉宗のアイデアで、政治に対する庶民の不満や要求などの投書を受けるために設けた箱。

一二八 **＊御用金**　幕府・諸藩が財政窮乏を補うため臨時に御用商人などに賦課した金銭。

一三一　**＊上納**　年貢のこと。

＊音羽屋　尾上菊五郎の一門ならびに坂東彦三郎の系統が称する屋号。

平次女難

初出　「オール讀物」昭和八年十二月号

一三三　**＊両国橋**　万治二（一六五九）年、隅田川に架けられた橋で花火船、涼み船、月見船などの舟遊びでもっとも賑わったところである。下総と武蔵の両国に架かるところから名付けられた。

一三四　**＊徳利**　泳げない人。息継ぎができず沈んでいくさまが水中に徳利を入れた時と似ているためにいう。

＊月見船　名月を眺め賞でるために川面に浮かべる船。とくに中秋の名月（陰暦八月十五日）と九月十三夜の月を待って、大川は月見船で賑わった。

一三六　**＊十七文字**　俳句のこと。

一三七　**＊構者**　一定地域から追放し、立入禁止とする刑を受けた者。

＊土左衛門　溺死人。身体が肥大する様を力士・成瀬川土左衛門に例えて言った。

一三八　**＊軽舸**　艀船。陸と停泊中の本船との間を、乗客や貨物を載せて運ぶ小舟。

＊橋番所　大きな橋のたもとには橋番小屋があった。

一三九　**＊厄**　厄年。数え年で男は二十五・四十二・六十一歳、女は十九・三十三・三十七歳などをいう。
＊世故　世の中の風俗・習慣など、世間づきあいの上の様々な事柄。
＊野幇間　玄人ではない素人の幇間。幇間は宴席などで客の機嫌を取る男芸者。
一四二　**＊仕向**　待遇。扱い。
一四四　**＊天水桶**　雨水を溜めておいて消火用にする桶。
＊石見銀山　江戸時代の毒薬の代名詞。石見国（現在の島根県）の笹ヶ谷鉱山で産出する砒石から作られた殺鼠剤。知名度の高い石見（大森）銀山の名を商品名にしたものと思われる。当時は武家屋敷・町家を問わず鼠の猛威に悩まされ、よく売れた。売り歩く姿を江戸川柳に「鼠取り売り歩く身も猫背なり」と描かれた。
＊十手　岡っ引の十手に房はついていなかった。ただの銀磨きの素十手である。十手に房がついているのは、与力と同心だけ。岡っ引は十手を腰に差すことも許されなかった。
一四五　**＊三行半**　江戸時代離縁状一枚で夫は離縁できた。半紙に三行半の文章で書いたので離縁状の代名詞になった。
＊丸髷　女髪で、髷を楕円形で扁平にするもの。有夫の女が結う。
＊手柄　この用法では通常「手絡」。丸髷などの根本に掛ける布。
一五〇　**＊気象**　気性。生まれつきの性情。心立て。
一五二　**＊器用**　この場合、いさぎよいこと。

一五三　＊**太平楽**　好き放題に言うこと。のんきにかまえていること。

＊**鉄火**　博徒のように、きびきびして威勢のいいさま。

＊**阿婆摺**　すれっからし。男女いずれにもいうが、多くは女にいう。

一五五　＊**匕首**　鍔のない短刀。柄口と鞘口とが直接に合うように作ってあるのでこの名がある。

一六〇　＊**一つ穴**　一つ穴の狢の略。共謀してことを企む者を言う。一味。

一六一　＊**三下**　三下奴の略。賽の目の三以下を価値なしとすることによる。転じて取るに足らぬ者。

一六二　＊**吟味**　江戸時代、容疑者の犯罪事実を詮議して自供させる役目。また、その役人。

一六五　＊**紬**　紬糸または玉糸で織った平織の丈夫な絹織物。

兵粮丸秘聞

初出「オール讀物」昭和九年二月号（初出時は「大秘方箋」）

一六九　＊**回礼**　年賀に方々を回ること。

一七〇　＊**前髪立**　男が前髪を立てていること。すなわち、まだ元服していないこと。

＊**牛込御納戸町**　現在の新宿区納戸町。寛永のころ納戸方同心たちに与えられた拝領町屋。それ以前は天竜寺の境内だった。

一七一　＊**赤坂表町**　江戸城赤坂御門の西側、現在の港区元赤坂から赤坂にかけて伝馬町があり、表通りを表伝馬町、裏通りを裏伝馬町といった。北側に外堀（弁慶堀）がある。明治に入りそれぞれ表町、裏町と改称。

＊弁慶橋 神田松枝町（現在は岩本町の一角）と岩本町の間、藍染川に架かっていた橋。明治に入り藍染川が埋め立てられ、紀尾井町と元赤坂の間の弁慶堀に移設されて現在に至る。この場合時代的には前者だが、地理的には後者の位置を想定している可能性も考えられる。

＊馬道 浅草寺南側の仁王門外、山門（雷門）を出て、東から北へと向かう道。また、それに沿った町。名称については、吉原へ向かう客が馬で通ったため、僧が馬場に行く際に通ったため、など諸説ある。

＊向柳原 筋違《すじかい》御門（現在の万世橋と昌平橋の中間）から浅草御門（浅草橋南岸）にかけて、神田川の南岸一帯を柳原と呼んだ。その向かい、北岸を向柳原と呼ぶ。柳原は古着屋が多く、現在の岩本町の繊維問屋街に繋がる。向柳原は大半が武家地だった。

一七三

＊寒垢離 寒中に社寺に詣で冷水を身に浴びて神仏に祈願すること。

一七五

＊御守殿 御殿女中の高位の者。髪などを御守殿風にした女郎。

＊椎茸髱 奥女中の髪型。椎茸の笠のように髱《たぼ》を張り出しているのでいう。

一七七

＊簾外 御簾《みす》の外。

＊糸脈 病人の脈所に糸の一端をつなぎ、他端を医者が持って糸に伝わる脈拍をはかること。

＊苗字帯刀 江戸時代においては武士階級の特権であったが、家柄または功労によって

非武士階級が公的に名字を名乗り刀を帯びることを許されることがあった。

一八一 ***白歯** お歯黒を付けない歯。未婚の女。きむすめ。

一八一 ***分限** 分限者。金持ち、物持ち。

一八二 ***土壇場** 進退窮まった状態を言うが、もとは刑場で斬罪のときに築いた土の壇のことをいった。

一八二 ***九族** 高祖父・曾祖父・祖父・父・自己・子・孫・曾孫・玄孫にわたる九代の親族。

一八四 ***褥** しきもの。ざぶとん。

一八七 ***長押** 日本建築で、柱と柱を繋ぐ水平材。

一九一 ***南部大膳大夫重信** (一六一六〜一七〇二) 陸奥盛岡藩の第三代(四代とする説もある) 藩主。前藩主の悪政をただし、十万石に復するに功あり、藩政を確立したとされる。

***竜ノ口** 現在の千代田区丸の内一丁目。江戸期には勅使を泊める伝奏屋敷のほか、訴訟の裁定を下す評定所があった。

二〇二 ***八丈** 八丈絹の略。八丈島で産する平織の絹布。

二〇二 ***雁皮** 雁皮紙の略。雁皮という木を原料とした、強靭で、美しい光沢のある薄い和紙。

二〇三 ***九戸政実** (?〜一五九一) 南部氏の一族九戸氏に生まれ、南部家の家督争いに加わり挙兵した。豊臣秀吉の六万の大軍に抗し得ず降伏。斬首される。

二〇四 ***津軽越中守** (一五八六〜一六三一) 津軽信枚《のぶひら》。弘前藩第二代藩主。青森港を開いて

江戸への航路を開拓するなど経済基盤を確立しようとした。弘前藩政の祖形を作った。

＊相馬大作　（一七八九～一八二二）陸奥盛岡藩の浪人。藩主南部家の家臣筋に当たる津軽家の官位昇進に怒り、文政四（一八二一）年津軽寧親《やすちか》の参勤交代の帰途を襲撃しようとしたが発覚、江戸で捉えられ処刑された。本名は下斗米秀之進。

お藤は解く　初出「オール讀物」昭和十一年二月号

二一一　**＊直る**　より高い地位につく。

二一二　**＊支配**　支配人の略。商家の重手代、すなわち番頭。また番頭の上に支配人を置く家もある。

二一三　**＊髪結床**　一般に男性客を対象としたものをいい、現代の、いわゆる町の床屋さんのように庶民の社交場にもなっていた。

＊蒔絵師　器物の表面に漆で模様を描き、金・銀・錫の粉や色粉を蒔きつけて付着させる蒔絵の職人。

二二三　**＊内証**　表向きにせず、内々にすること。内々の都合。

二二五　**＊劫**　きわめて長い時間の単位。

二三一　**＊悪所**　遊里を悪所場、または悪所と呼んだ。幕府公認の遊郭・吉原や非公認の岡場所、または芝居小屋などの俗称である。

二三二　**＊神明芸者**　芝神明の境内および門前は古くから花街として栄えていた。その芸者。

二三三　**＊鎌鼬**　物に触れても打ち付けてもいないのに、切傷のできる現象。昔は鼬のしわざと考えられていたためこの名がある。

迷子札

初出「オール讀物」昭和十一年五月号

二四五　**＊先代萩の千松**　伊達騒動を題材に、鎌倉時代に仮託して描いた歌舞伎の演目「伽羅《めいぼく》先代萩」の登場人物で、幼君・鶴千代に仕える乳母・政岡の息子。

二五一　**＊蘇芳**　蘇芳の木から作られる赤色染料。またはその色。黒味を帯びた赤。

二五二　**＊据物斬**　土壇に罪人などの死体を据え置き、刀の試し斬りをすること。

二五五　**＊迷子札**　迷子になったときに備えて、住所・氏名を記入して、子供の腰につけておく札のこと。江戸市中の子供のほとんどが、つねにぶらさげていた。

二五五　**＊手金**　手付金。契約を結んだ際などに保証として渡す金銭。

二五六　**＊御目見得以上**　幕府直属の武士で、将軍に謁見する資格を有すること。旗本が該当する。

二五七　**＊金助町**　本郷金助町。現在の文京区本郷三丁目。

二五九　**＊御徒士頭**　江戸幕府や諸大名の徒士組の長。

二六七　**＊皆朱**　漆塗の一。辰砂などを用いて全部朱色に塗ったもの。

二六八　**＊直参**　一万石以下で幕府に直属する武士をいう。
二七一　**＊一毫**　一本の毛筋の意。ほんの少し。ごくわずか。
二七二　**＊没義道**　非道なこと。不人情なこと。情け知らず。
二七三　**＊佞奸邪智**　佞奸は口先が巧みで心の正しくないこと。邪智はよこしまな知恵。わるぢえ。

平次身の上話

二七五　**＊鰻の神田川**　江戸末期、文化二（一八〇五）年創業。明神下のこの地で留まり続けている。
＊門徒　浄土真宗の信徒。
二七六　**＊寛文万治**　万治は一六五八～一六六一年、寛文は一六六一～一六七三年。シリーズ第一話「金色の処女」には徳川家光が登場するが、家光の将軍在職は一六二三～一六五一年なので、実際はもっと遡って書き起こされている。
＊化政度　文化・文政の時代。文化は一八〇四～一八一八、文政は一八一八～一八三〇。
＊寺子屋の春藤玄蕃　歌舞伎および文楽の演目「菅原伝授手習鑑《すがわらでんじゅてならいかがみ》」の四段目「寺子屋」の場に藤原時平の家臣として、様式的な竜神巻の衣装で登場。
＊鎌倉三代記の時姫　歌舞伎および文楽の演目「鎌倉三代記」の登場人物。千姫がモデ

ル。北条時政の娘。「赤姫」と呼ばれる華麗な真紅の衣装で、恋と親への情の板挟みに苦しむ悲劇的な役。

＊妹背山の鱶七　歌舞伎および文楽の演目「妹背山婦女庭訓《いもせやまおんなていきん》」の登場人物。難波の浦の漁師（じつは藤原鎌足の家臣金輪五郎今国）。おなじく家臣の猟師・芝六とともに蘇我入鹿を討つことを計画する。

＊辰野隆　（一八八八〜一九六四）仏文学者・随筆家。建築家辰野金吾の長男。東大でフランス文学を教え、渡辺一夫、小林秀雄、中島健蔵ら多数の俊英を育てた。胡堂とは一高・東大の仲間。

＊モーリス・ルブラン　Maurice Marie Emile Leblanc（一八六四〜一九四一）フランスの小説家。「怪盗紳士ルパン」シリーズで知られる。

二七七

＊大岡越前守　（一六七七〜一七五一）大岡忠相《ただすけ》。江戸時代中期の幕臣。名奉行として名高く、彼をモデルにした「大岡政談」と呼ばれる講談・小説・戯曲が多く作られ、現代でも時代劇などでおなじみ。

＊遠山左衛門尉　（一七九三〜一八五五）遠山景元《かげもと》、または金四郎。江戸時代後期の幕臣。名町奉行として知られる。天保の改革の際、江戸芝居の全面廃止に反対するなどし、そのためか講談や戯曲の中で、名采配をふるう奉行として描かれた。現代もテレビドラマや映画で「遠山の金さん」として親しまれている。

＊武鑑　江戸時代、諸大名や旗本の氏名・禄高・系図・居城・家紋や、主な臣下の氏名

などを記した本。毎年改訂して出版された。

＊岡本綺堂　（一八七二〜一九三九）劇作家として「新歌舞伎」と呼ばれるジャンルを確立するなど、演劇界への貢献も大きいが、小説においても、名作と名高い「半七捕物帳」で捕物小説の定型を確立した。

＊佐々木味津三　（一八九六〜一九三四）小説家。「旗本退屈男」「右門捕物帖」など主に江戸時代を舞台にした時代小説で人気を博した。

＊吉川英治　（一八九二〜一九六二）小説家。『宮本武蔵』『三国志』などで知られる。『江戸三国志』は胡堂が報知新聞の学芸部長として自ら交渉をして書かれた作品。

二七八

＊捕物作家クラブ　昭和二十四（一九四九）年創立され、初代会長を野村胡堂が務めた。昭和三十九（一九六四）年解散。

＊重野安繹　（一八二七〜一九一〇）江戸時代末期から明治期に活躍した漢学者、歴史家。

＊児島高徳　南北朝時代の武将。後醍醐天皇が軍を起こした際、それに応じて挙兵し、南朝方で戦った。『太平記』以外に記述が見られず実在が疑問視されたこともあるが、傍証となる史料も発見され、現在は実在したとされている。生没年不詳。

二七九

＊紫式部　『源氏物語』の作者として知られる。謡曲についての記述は、「源氏供養」において、狂言綺語《きょうげんきぎょ》（飾った言葉を意味する仏教用語）の罪と、自ら創作した光源氏の供養をしなかったことにより死後苦しみ、僧に助けを求める姿が描かれていることを

指す。

二八〇 ＊**菅忠雄** （一八九九〜一九四二）編集者。「文藝春秋」編集長などを務めた後、当初臨時増刊として創刊された「オール讀物」の月刊化にあたり初代編集長となる。

＊**ファントマ** フランスの大衆小説。正体不明の盗賊ファントマが活躍する。ピエール・スーヴェストルとマルセル・アランによって書かれた。一九一一年に最初の一篇が発表されて熱狂的な支持を受け、一九六三年の完結篇まで断続的に書かれた。

＊**セキストン・ブレーク** イギリスで十九世紀末以降、多くの作家によって小説やコミックに描かれた架空の探偵。別名「貧しき者のシャーロック・ホームズ」。

二八二 ＊**木村名人** （一九〇五〜一九八六）将棋名人の木村義雄。報知新聞嘱託時代に胡堂と親しく交わる。

二八三 ＊**江戸川乱歩** （一八九四〜一九六五）小説家。大正十二年「二銭銅貨」を「新青年」に発表。「屋根裏の散歩者」や「人間椅子」などで話題を集めた。日本の推理小説の基礎を築いた。十二歳年上の胡堂との交友は長く続いた。

＊**小酒井不木** （一八九〇〜一九二九）医師、小説家。作品に『人工心臓』『恋愛曲線』『闘争』など。

二八四 ＊**正岡子規** （一八六七〜一九〇二）俳人、歌人。俳句および短歌に「写生」を持ち込むなど、革新運動に務めた。散文においても『病牀六尺』『仰臥漫録』などがある。野球用語を翻訳し広めたことでも知られる。

＊奥村五十嵐　（一九〇〇〜一九四九）小説家。筆名は納言恭平。代表作に「七之助捕物帖」「神風連の妻」「勤皇美少年」など。新潮社で「日の出」「文学時代」などの編集に従事。大衆文学批評を発表し「銭形平次捕物控」を創作ではなく翻案物だと論じたことがある。

二八五

＊草紙洗　謡曲（能）の曲目。流派により「草紙洗小町」とも。帝の御前の歌合で、小野小町にかなわないと考えた大伴黒主が不正をはたらくが、小町によって見抜かれる。

＊棠蔭比事　中国・南宋時代の裁判物語集。古今の優れた犯罪捜査・判例などを集めたもの。

＊本朝桜蔭比事　井原西鶴作。「棠蔭比事」に倣い、裁判を題材にした四十四話。

＊藤蔭比事　『本朝藤蔭比事』。前項の『本朝桜蔭比事』に倣った裁判小説集。作者不詳。

＊ボアゴベ　Fortuné du Boisgobey（一八二一〜一八九一）フランスの大衆作家。『鉄仮面』『執念』など。

＊ガボリオ　Etienne Emile Gaboriau（一八三二〜一八七三）フランスの大衆作家。ボアゴベと並び称される。「ルコック探偵」シリーズなど。

＊ポー　Edgar Allan Poe（一八〇九〜一八四九）アメリカの作家。『モルグ街の殺人』は史上初めての推理小説と言われる。

二八七

＊ヴィクトル・ユーゴー　Victor-Marie Hugo（一八〇二〜一八八五）フランスの作家、政治家。

「銭形平次」誕生のころ

永井龍男

銭形平次が、ようやく世間に名を知られるまで、それはかなり長い間かかったが、つまり下積み時代の平次やガラッ八と私は交際があったが、その間も、そののち彼らが非常に有名になってからも、筆者の野村胡堂氏とは数度しかお目にかかっていない。

今夜（十四日）私の調べたところでは、銭形平次の誕生は昭和六年のようである。生まれたのはオール讀物誌上、産婆役は編集長の菅忠雄氏だったが、平次もガラッ八も当初はあまり幸せではなかった。彼らを生んだオール讀物の売行きは悪くなる一方で、翌七年には廃刊の寸前まで押詰められた。

そのまま同誌をつぶさなかったのは、編集局長の佐佐木茂索氏で、もう一工夫してみろと新たに命令をうけたのが私であった。編集スタッフはみな若かったが、その時はかなり緊張した。結局全部読切りの小説ばかりという方針を立て、それを売物にすることにした。

面目一新のことのついでに、それまで数回連載中だった「銭形平次捕物控」も中断することに決めた私は、理由を記した手紙をしたため、前から同氏の係りを勤めていたK君という同僚に持参させた。一仕事すませたつもりで、さばさばした気分でいると、一日置いてからK君が、野村氏の書信を持って出社した。

その要旨は、平次捕物控は毎回読切りだから、新方針ともとるところはない。向こう一年間、無原稿料で結構だから、引続き連載させて欲しいという真剣なものだった。無思慮無鉄砲な私にも、筆者の気合が察しられて、やむなくそれにしたがうことにした。なお、野村氏の書信には添え書きがあって、同封の金子は僅少だが、新編集部の門出を祝って杯をあげられたいと記してあった。こういうことは、はじめての経験なのでびっくりした。と同時に、同封とある金子が見当たらないので、K君に質問すると、実は昨夜野村氏に誘われて料亭に遊び、その後寄託された金は、某所で使ってしまったと赤くなって頭をかいた。K君は二十年前に故人になった人だが、身についた愛嬌があり、若いのに髪がうすく、そんなことをしても、しんから怒鳴りつけられないような好人物だった。

私は早速、ふたたび手紙を書き、K君を使者とした。平次のことは了承したが、私たちはみな若くて、のどから手が出るほど金が欲しい。K君でなく私ですら、もしかすると途中で使ってしまうかも知れない。そんな訳で、金子はちょうだいするより他はない仕儀に立ち到ったが、どうか今後このような罪なことは止めていただきたいと、K君に対する怒りを、野村氏へ向けた訳である。

余談にわたったが、もしあの時野村氏が、くちばしの黄色い無礼な編集者を憎み、捕物控を中断していたら、あるいは今日の銭形平次はなかったかも知れない。

野村氏は作家生活にはいる前、当時東日本一と称せられていた報知新聞の社会部長、文芸部長を歴任されている。当時の新聞人としては温厚に過ぎ、ことに社会部長時代には、荒い部員を統率するために、ずいぶん心を労されたようである。そのような経験が、不遜な一編集者を許し、銭形平次を生長させる根気となったのであろうか。

当時のさし絵は、長く神保朋世氏に依頼したように記憶している。捕物控がそれから何年間オール讀物誌上に続いたか、正確な数は思い出せぬが、その間ですらついに数度しかお目にかかれなかった野村氏の、それゆえ四十代当時と想われる温容と共に、神保氏のさし絵に依る平次とガラッ八の物腰が、いま私の目にほのかによみがえる。

（初出　昭和三十八年四月十六日　「朝日新聞」）

※編集部注　永井龍男（一九〇四〜一九九〇）は大正九（一九二〇）年、懸賞に投稿した小説を菊池寛に認められ、以来多くの小説を発表。昭和二（一九二七）年に文藝春秋社に入社し、執筆を続けながら二十一（一九四六）年まで勤務し「オール讀物」や「文藝春秋」の編集長などを務めた。右記のエッセイは昭和三十八年四月十四日の野村胡堂逝去の直後に書かれた。

本書は『銭形平次捕物全集』（河出書房発行、一九五六〜一九五八年）を底本とし、制作にあたって嶋中文庫版『銭形平次捕物控』（二〇〇四〜二〇〇五年）を参考としました。また、「「銭形平次」誕生のころ」に関しては講談社文芸文庫『へっぽこ先生その他』（永井龍男著、二〇一一年）を底本としました。選と注解は鈴木文彦氏の手によるものです。

また、読みやすさを考慮し、適宜漢字表記を変更し、振り仮名を追加するなどしました。


本作品中に、現在では差別的表現とされる箇所があります。しかし、著者の意図は決して差別を容認、助長するものではなく、また、作品の時代的背景及び著者がすでに故人であるという事情にも鑑み、あえて発表時のままの表記といたしました。

（編集部）

文春文庫

銭《ぜに》形《がた》平《へい》次《じ》捕《とり》物《もの》控《ひかえ》傑《けつ》作《さく》選《せん》1
金色《こんじき》の処女《おとめ》

定価はカバーに表示してあります

2014年5月10日　第1刷

著　者　野《の》村《むら》胡《こ》堂《どう》

発行者　羽鳥好之
発行所　株式会社　文藝春秋

東京都千代田区紀尾井町 3-23　〒102-8008
TEL　03・3265・1211
文藝春秋ホームページ　http://www.bunshun.co.jp

落丁、乱丁本は、お手数ですが小社製作部宛お送り下さい。送料小社負担でお取替致します。

印刷・大日本印刷　製本・加藤製本
Printed in Japan
ISBN978-4-16-790100-4

（　）内は解説者。品切の節はご容赦下さい。

司馬遼太郎
竜馬がゆく（全八冊）
土佐の郷士の次男坊に生まれながら、ついには維新回天の立役者となった坂本竜馬の奇跡の生涯を、激動期に生きた多数の青春群像とともに大きなスケールで描く永遠の傑作青春小説。
し-1-67

司馬遼太郎
菜の花の沖（全六冊）
江戸時代後期、ロシア船の出没する北辺の島々の開発に邁進し、日露関係のはざまで数奇な運命をたどった北海の快男児、高田屋嘉兵衛の生涯を克明に描いた雄大なロマン。（谷沢永一）
し-1-86

司馬遼太郎
夏草の賦（上下）
戦国時代に四国の覇者となった長曾我部元親。ぬかりなく布石し、攻めるべき時に攻めて成功した深慮遠謀ぶりと、政治に生きる人間としての人生を、妻との交流を通して描く。（山本一力）
し-1-118

柴田錬三郎
柴錬立川文庫（一）
猿飛佐助　真田十勇士1
猿飛佐助は武田勝頼の落し子だった。戸沢白雲斎に育てられ、忍者として真田幸村の家来となり、日本中を股にかけての大活躍。美女あり豪傑あり、決闘あり淫行ありの大伝奇小説。
し-3-1

柴田錬三郎
柴錬立川文庫（二）
真田幸村　真田十勇士2
家康にとって最も恐い敵は幸村だ。佐助をはじめ霧隠才蔵、三好清海入道たちが奇想天外な働きで徳川方を苦しめる。後藤又兵衛、木村重成も登場して、大坂夏の陣へと波乱は高まる。
し-3-2

白石一郎
海狼伝
対馬で育った少年笛太郎が、史上名高い村上水軍の海賊集団に加わり、〝海のウルフ〟として成長していく青春を描きながら、海賊の生態をみごとに活写した直木賞受賞の名作。（尾崎秀樹）
し-5-5

城野《じょうの》 隆
一枚摺屋《いちまいずりや》
たった一枚の一枚摺のために親父が町奉行所で殺された！　何故、一体誰が？　浮かんできたのは大塩の乱。幕末の大坂の町を疾走する異色の時代小説。第十二回松本清張賞受賞作。
し-46-1

（　）内は解説者。品切の節はご容赦下さい。

滝口康彦
非運の果て
「異聞浪人記」映画化で話題の滝口康彦の傑作短編集。武家社会の掟に縛られる人間の無残と峻烈、哀歓の中に規矩ある生き方の厳粛を描いて読者を魅了する全六編。（宇江佐真理）
た-7-3

高橋克彦
だましゑ歌麿
江戸を高波が襲った夜、当代きっての絵師・歌麿の女房が殺された。事件の真相を追う同心・仙波の前に明らかとなる黒幕の正体と、あまりに意外な歌麿のもう一つの顔とは？（寺田　博）
た-26-7

高橋克彦
火城《かじょう》　幕末廻天の鬼才・佐野常民
行動力と「涙」の力で藩政を動かした男——。のちに日本赤十字社の生みの親となる佐野常民は、いかにして佐賀を雄藩へと仕立て上げたか。鬼才の半生を綴った傑作歴史小説。（相川　司）
た-26-12

高橋克彦
えびす聖子《みこ》
里に現れた鬼を追って、因幡の国を目指した少年シコオ。選ばれし仲間たちとともに試練を乗り越え、行き着いた先で彼らを待っていたものとは？　そして鬼の正体は？（里中満智子）
た-26-13

高橋克彦
蘭陽きらら舞
白い着物の裾からのぞく、赤い襦袢の艶やかさ——。女と見紛う美貌と役者仕込みの軽業でならす蘭陽が、相棒の天才絵師・春朗（葛飾北斎）と怪事件に挑む青春捕物帖。（ペリー荻野）
た-26-14

高橋義夫
どくろ化粧　鬼悠市　風信帖
今回は強敵出現！　殿の亡き弟君の御首級《みしるし》が盗まれたというのだ。狂信的な邪教集団が蠢いているようだ。密命を受けた鬼は江戸へ向かい真相を探るが、江戸藩邸は頼りにならない……。
た-36-11

高橋義夫
雪猫　鬼悠市　風信帖
松ヶ岡藩内きっての実力者、奏者番の加納を毒殺しようとしたのは誰か？　竹林で暮らす足軽にして藩の隠密・鬼悠市が真相に迫る。薫り高い文章にますます磨きがかかるシリーズ第五弾。
た-36-12